哈佛经典
英国名家随笔

Harvard Classics

你活着的价值

【美】查尔斯·艾略特（Charles W.Eliot）/主编

刘旭彩 / 译

中华工商联合出版社

图书在版编目（CIP）数据

你活着的价值/（美）查尔斯·艾略特主编；刘旭
彩译. --北京：中华工商联合出版社，2018.1
　ISBN 978-7-5158-2164-1

　Ⅰ. ①你… Ⅱ. ①查… ②刘… Ⅲ. ①随笔-作品集
-世界-近代 Ⅳ. ①I16

　中国版本图书馆 CIP 数据核字（2017）第 314280 号

你活着的价值

主　　编：	（美）查尔斯·艾略特（Charles W. Eliot）
译　　者：	刘旭彩
出 品 人：	徐　潜
策划编辑：	魏鸿鸣
责任编辑：	林　立　崔红亮
封面设计：	周　源
责任审读：	魏鸿鸣
责任印制：	迈致红
渠道总监：	姜　越　郑　奕
营销企划：	张　朋　徐　涛
营销推广：	张俊飞
出版发行：	中华工商联合出版社有限责任公司
印　　刷：	天津旭丰源印刷有限公司
版　　次：	2018 年 8 月第 1 版
印　　次：	2023 年 4 月第 4 次印刷
开　　本：	710mm×1020mm　1/16
字　　数：	150 千字
印　　张：	12.75
书　　号：	ISBN 978-7-5158-2164-1
定　　价：	49.80元

服务热线：010－58301130
销售热线：010－58302813
地址邮编：北京市西城区西环广场 A 座
　　　　　19－20 层，100044
http://www.chgslcbs.cn
E-mail：cicap1202@sina.com（营销中心）
E-mail：gslzbs@sina.com（总编室）

向经典致敬

《哈佛经典》代前言

　　这里向各位书友推介的是被中国现代新文化运动先驱者的胡适先生称为"奇书"的《哈佛经典》。这是一套集文史哲和宗教、文化于一体的大型丛书，共50册。这次出版，我们选择了其中的《名家（前言）序言》《名家讲座》《英美名家随笔》《文学与哲学名家随笔》《美国历史文献》，这些经典散文堪称是经人类历史大浪淘沙而留存下来的文化真金，每一篇都闪烁着人类理性和智慧的光辉。有人说，先有哈佛后有美国。因为在建校370多年的历史中，哈佛培养出7位美国总统，40多位诺贝尔奖得主，政界、商界、科技、文艺领域的精英不计其数。但有一点，他们都是铭记着"与柏拉图为友、与亚里士多德为友、更与真理为友"的校训成长、成功的。正像《哈佛经典》的主编，该校第二任校长查尔斯·艾略特所言："我选编《哈佛经典》，旨在为认真、执着的读者提供文学养分，他们将可以从中大致了解从古代直至十九世纪以来观察、记录、发明以及想象的进程，作为一个二十世纪的文化人，他不仅理所当然地要有开明的理念或思维方法，而且还必须拥有一座人类从荒蛮发展为文明进程中所积累起来的、有文字记载的关于发现、经历，以及思索的宝藏。"这些文字是真正的人类思想的富矿，是取之不尽用之不竭的智慧宝藏，具有永恒的文化魅力。

从文献价值上看，它从最古老的宗教典籍到西方和东方历史文献都有着独到的选择，既关注到不同文明的起源，又绵延达三个世纪之久，尤其是对美国现代文明的展示，有着深刻的寓意。

从思想传播上看，《哈佛经典》所关注到的，其地域的广度、历史的纵深、文化的代表性都体现了人类在当时特定历史条件下所能达到的思想巅峰，并用那些伟大的作品揭示出当时人类进步和文明的实际高度。

从艺术修养的价值来看，《哈佛经典》涵盖了历史、哲学、宗教论著和诗歌、传记、戏剧散文等文学样式，甚至随笔和讲演录也是超一流的，它们都是那个时代精品中的精品。

《哈佛经典》第 19 卷《浮士德》中有这样一句名言，"理论是苍白的，只有生命之树常青"。让我们摒弃说教，快一点地走进《哈佛经典》，尽情地享受大师给我们带来的智慧的快乐，真理的快乐。

目　录

约瑟夫·爱迪生

约瑟夫·爱迪生（1672—1719）一生致力于文学与政治。在歌得明切特豪斯学校接受教育；后进入牛津大学接受神职教育，但哈利法克斯伯爵看出他有从政天分，为他争取到津贴，送他出国接受外交工作训练。在法国和意大利的游历证实了他的古典审美观，他的评论著作表现出他深受法国文化影响。

回到英国，爱迪生出版了《战役》一书，奠定了其职业生涯基础。他进入国会，并最终任国务卿一职。尽管在他的时代，人们都承受着政治情绪的痛苦，但他作为少有的文人和政客，深受各党派人士的尊重，并受到普遍欢迎。

如今爱迪生的声誉主要在他《闲谈者》和《旁观者》作品中。在这两份报纸上发表的随笔和文章中，他不但创造了一系列不可超越的文学作品，而且对安妮女王时期的社会道德和风尚产生了很大的影响。他的文风保留着古典风格，具有这时期散文轻松和优雅相结合的特点，成为文学典范；《米尔扎幻觉》和《威斯敏斯特大教堂》中富有想象力的说教，体现了他温和的说服力，试图唤醒他那一代人要具有更高的生活和思考水准。有关爱迪生的生活和工作更加详细的描述参见本书中约翰逊博士写的《爱迪生的一生》。

米尔扎的幻觉[①]

所有这一切现在变暗，
变钝你凡人的眼光，你的周围雾气缭绕。
黑暗中，我会抢夺而去。[②]

——维吉尔，"埃涅阿斯纪"（2），604。

当我在大开罗时，我无意间得到几个现在我还拥有的东方手稿。在别人那儿，我遇见一个题为"米尔扎幻觉"的手稿，我已经非常高兴地阅读过。当没有乐趣可找时，我打算把它送给公众，并从我翻译的第一个视觉开始，如下所言：

"在月初第五天，根据我的祖宗一直视为神圣的习俗，在沐浴和早晨的祷告之后，为了在冥想和祈祷中打发一天的时间，我登上了巴格达的高山。正当我在山顶透气之时，我对人类生活的虚荣心进行了深刻的思考，想法接踵而来。'当然，'我说，'人不过是一个影子，生活是一场梦而已。'"

当我在沉思的时候，我把目光投向离我不远的一块岩石的顶峰，在那里我发现了一个有牧羊人习惯的人，手里拿着一个小小的乐器。

[①] 发表于 1711 年 9 月《旁观者》第一期。

[②] 在你面前所画的每一朵云，都使你的幻觉变暗，在你周围发出雾气，我必夺取。

我看着他时，他把它放到了嘴唇上，开始演奏。它的声音非常甜美，并形成各种悠扬的曲调，这些曲调难以表达，完全不同于我所听到的任何曲子。这曲子把我带进了音乐的天堂，就是好人离去灵魂初到天堂时演奏的曲子，它穿过了过去的痛苦印象，非常符合那快乐之地。我暗地里高兴得心花怒放。

我经常被告知，在我面前是块天才出没的岩石，一些人享受过他所演奏的音乐，但以前从未见过音乐家本人出现。他所演奏的曲子传送过来，提高了我的思想，想要感受他谈话的乐趣，这时我看他好像很惊奇，他向我打招呼，并挥手示意我靠近他坐的地方。我怀着由于优越性而产生的敬畏之情走近他，我的心完全被我听到的迷人曲调所折服，我俯伏在他脚前哭泣。那个天才微笑着看着我，脸上带着我经常想象的怜悯和亲切的表情，驱散了我走近他的所有恐惧和忧虑。他把我从地上扶起，拉着我的手，"米尔扎，"他说，"我在你的独白中听到了你的声音，跟我来。"

于是他带着我到了岩石的顶端，让我站在上面，"眼望东方，"他说，"告诉我，你都看见了什么。"我说："我看见一个巨大的山谷，惊涛骇浪般的水流穿过。""你所看到的山谷，"他说，"是痛苦河谷，你所看见的潮流是永恒的大潮流的一部分。""为什么？"我说："我看见水流源起于浓雾的一端，又落在浓雾的另一端。""你所看到的，"他说，"被称为永恒的时间的一部分，按太阳计算，从世界的开始，直到终结。现在仔细看，"他接着说，"这两端被黑暗包围的大海，告诉我你发现了什么。""我看见了一座桥，"我说，"在潮汐之间。""你所看见的桥，"他说，"是人生，仔细观看它。"更加认真地观察一番后，我发现它由七十多个拱门组成，有几个拱门已经破了。这些拱桥再加上一些完整的拱桥，总共有一百个。我数着拱门，天才告诉我，这座桥起初有一千个拱门，但是洪水冲走了大部分拱门，剩下了我现在所看到的残缺的状态。"那请进一步告诉我，"他说，"在桥上面你发现了什么？""我看到很多过桥的人，"我说，"乌云挂在桥的每一端。"我更用心地观看，我看见几个过桥的乘客坠到了下面的大潮汐里；再进一步观看，看到无数的陷阱门隐藏在桥上，而乘客一旦踩到，就会从门洞里坠入潮流中，立刻消失了。这些隐藏的陷阱，在桥头设置得很厚，所以，人群蜂拥而至，突破云层，但他们中的许多人坠入门洞。到桥中间时人流越来越少，但又都挤向拱门的另一端。

确实有一些人，但是他们的数量很少，继续在破损的拱门上蹒跚而行，但是因为太累了，花了这么长时间走路，一个接着一个都掉下去了。

我在沉思这个奇妙的结构和它所呈现的各种各样的事物时，时间不知不觉过去了。在欢笑和欢乐之中，当看到几个人意外坠入大潮流，想要抓住身边的一切去拯救自己时，我的心中充满了悲伤。一些人朝上看着天堂，现思索状，在沉思中跌倒，掉下去不见了。人群忙着搜寻在他们面前闪烁跳舞的气泡，但经常是他们想着他们脚下所能够到的范围时，脚下一滑他们就沉没了。在这混乱的情景中，我观察到一些人手持弯刀，一些人在小便，一些人在桥上跑来跑去，猛推在陷阱门边的几个人，似乎因为挡了他们的路，也可能是他们没被推到，而是在逃命。

看到我沉浸在这忧郁的场景中，天才告诉我，我已经思考很长时间了，"不要再看这桥了，"他说，"告诉我，是否你看到了你不理解的事情。"我抬头看着他，"那是什么意思，"我说，"那些永远在桥上盘旋、有时又落在桥上的鸟儿的伟大飞行是什么意思？我看到秃鹰、鹰身女妖、乌鸦、鸬鹚以及许多其他有羽毛的动物，还有长着翅膀的小男孩栖息在拱门的中间。""这些，"天才说，"是嫉妒、贪婪、迷信、绝望、爱情以及侵害人的生命的关心和热情。"

　　我在这里发出深深的叹息。"唉，"我说，"造人是徒劳的：他是如何接触到痛苦和死亡，在生活中备受折磨，被死亡吞灭！"天才对我动了怜悯之心，叫我不要再看这不舒服的景象。"别再看了，"他说，"人在他存在的第一阶段，在他朝永恒出发的开始，再把你的目光投向那浓雾，潮流淹没了几代坠入里面的凡人。"我直视他告诉我的方向（不管天才是用什么超自然力量加强了它，还是驱散了之前的薄雾，因为它太厚了，眼睛无法望穿），我看到最远端的谷口，连接一个巨大的海洋，有一块巨大的岩石坚硬地贯穿其中，并将其划分成两个相等的部分。云彩停留在它的一侧，但我什么也没有发现；然而在另一侧，展现在我眼前的是一个有无数的岛屿的浩瀚的海洋，那里满是水果和鲜花，并与其周围闪亮的大海相交织。我可以看到人们穿着华丽的服饰，头戴花环，穿行在树林间，躺在喷泉边，或躺在花床上；可以听到鸟儿和谐的歌唱，飘落的水流，人声，乐器声。看到如此令人愉快的场景，我心生欢喜。我希望有一对鹰的翅膀飞到那些快乐之地，但是天才告诉我没有通往那里的路，除非穿过在大桥上看到的那些死亡之门。"那些小岛，"他说，"在你面前如此清新嫩绿的小岛，但你不能看到整个海洋上漂浮的小岛，因为数量比海滩上的沙子还要多。在你所发现的岛屿背后还有无数岛屿，比你的眼睛，你的想象力延伸得更遥远。这些都是好人去世后的宅邸，根据他们所表现出的美德程度和种类，他们被分配到这些岛屿上，其中有不同的种类和不同程度的快乐，适用于定居在那里的人。每一个岛是一个天堂，适应其各自的居民。难道这些，不是米尔扎值得争取的住处？给你机会得到回报的生命是痛苦的吗？会令你幸福生存的死亡是可怕的吗？不要认为有这样一个永远为他保留的人是被徒劳地制造出来的。"我用无法表达的兴奋望着这些快乐岛。最后，我说："现在我恳求你告诉我，隐藏在那些乌云覆盖的坚硬的岩石另一侧的海洋下的秘密。"天才没有回答我，我再一次向他请求，可我发现他离开了。于是我又转过身来看着我已经凝视了这么久的景象，但是，没有滚滚潮流，没有拱桥和幸福的岛屿，我什么也看不见，除了巴格达的长谷，牛、羊、骆驼在山谷的两侧吃草。

威斯敏斯特大教堂的遐思

每当心情沉重的时候，我常一个人到威斯敏斯特大教堂散步。在这个肃穆的地方，庄严的建筑物和坟墓所营造的氛围容易使人思绪沉重、感慨万千，但这种情绪并不会使人感到厌烦。昨天我花了一个下午的时间在庭院、走廊和教堂里散步，并惊奇于安葬区中所见到的墓碑及其碑文。大多数墓碑的碑文除了记载墓主人出生与死亡日期之外，再无其他，因此人们也只能靠这两个日期对墓主人的生平进行遐想，其实我们所有人都是如此。我把这些刻在黄铜或者大理石上的记录都看作是对逝者的一种巨大的讽刺。因为除了这些记录生死的日期，他们没有给人留下任何值得缅怀的东西。这不禁使我想起了一些英雄史诗里的著名战役中提到的人：只是因为他们在战争中死去，他们都有如雷贯耳的名字；只是因为他们在战争中阵亡，他们被颂扬与纪念。他们的一生在《圣经》里被描述为"如箭飞过"，也就是转瞬即逝。

一进教堂，我就看见人们在挖着一座坟墓，这引起了我的兴致。每扬出的一铲新的腐土中，都夹杂着人骨或头颅的碎片。曾几何时，这些碎片还是人身体的一部分呢。这使我忍不住开始浮想联翩：在这座古老的大教堂的地下该埋着多少人啊！男人和女人，朋友和敌人，牧师和士兵，他们都已粉身碎骨，混杂在一起；无论曾经是怎样美丽、健壮、年轻，或是年老、衰朽、残疾，都毫无区别地葬在一起。

在研究了墓碑上面的死亡率之后，我便开始仔细端详这座古老建筑四周墓碑上的碑文，其中一些写得十分夸张。如果墓主人地下有知，想必听到这些朋友们对他的赞美之词，也会羞红了脸；而有一些碑文则过于谦虚，而且还是用希腊文或希伯来语来描述墓主人的品格的，这样一来，恐怕一年之中也难得被人看懂一次。在"诗人角"，我发现一些没有墓碑的墓穴和没有墓穴的墓碑。毫无疑问，当时的战争给教堂平添了许多无主墓碑，它们都是为纪念阵亡将士而竖立的，而他们的尸体也许埋在布兰海姆平原，也许葬于大海深处。

几篇近代的碑文让我的心情渐渐愉悦起来。这些碑文语言优美高雅，内容恰当公正，既为死者增光，又给生者添彩。由于外国人容易根据公开展出的纪念碑和碑文来判断一个国家的文明程度，因此在立碑之前，这些碑文应该经过博学多才的人仔细推敲。克劳德斯利·肖维尔爵士的墓碑总是让我反感：这位勇敢的英国海军将军曾因勇猛无敌而闻名于世，可在他的墓碑上，他的形象却像个花花公子，戴着长长的假发，头顶华盖，稳坐于天鹅绒垫子之上。碑文与墓碑的风格一样：它只是告诉我们他是如何去世的，而并未颂扬他为国家立下的赫赫战功，仅凭这一点，根本无法使我们对他心生敬意。而被我们嘲笑的愚蠢荷兰人，却在此类建筑中显示出优于我们的品味和深于我们修养的东西。他们那些将军的纪念碑由公众捐建，雕像忠于逝者的本来形象并再现了他们生前的英姿：头顶军帽，身披战甲，并佩挂着用水草、贝壳和珊瑚扎成的美丽垂饰。

我们回到正题上，我本想改天再仔细参观英国历代国王的墓地，因为毕竟这不是一种令人心情轻松的消遣。而且我知道，这样的消遣通常会使那些神经敏感、心情忧郁的人更加悲观绝望。但就我自己而言，虽说总是表面心情沉重，却从不知忧郁究竟为何物。所以，在生活中无论是遇到欢快高兴的事情还是身处庄严肃穆的场合，我都能同样欣然应对。这样，我便能泰然面对任何令其他人感到恐惧的事物。看着这些伟人的坟墓，我的一切嫉妒之情便烟消云散；读着那些优美的碑文，我所有的非分之想便荡然无存。在墓碑上读出父母的悲痛，我的心也会被同情所融化；当我再看到那些父母本人的坟墓时，又觉得这种哀伤毫无意义可言，因为人人都会步其后尘，不久于人世。当我看到国王们同他们的废黜者同穴而眠，当我想到互相竞争的才子们并肩而卧，那些试图通过你争我夺而瓜分世界的圣贤们共赴黄泉，我不禁反思人类那些微不足道的竞争、内讧和争论，这让我感到难过、震惊。看着墓碑上的日期，有人逝于昨日，有人则亡于六百年前。我想，总有一天，我们大家会同聚于上帝的面前，那将会是一个多么伟大的日子啊！

乔纳森·斯威夫特

乔纳森·斯威夫特（1667—1745），英国最伟大的讽刺文学大师之一。出生于爱尔兰的都柏林，并在那里的三一学院接受神学教育。22岁时，斯威夫特成了其亲戚威廉·坦普尔爵士的秘书，负责编辑他的著作。坦普尔在世时，斯威夫特写了《一只桶的故事》和《书的战争》这两部作品。坦普尔去世后，斯威夫特回到了爱尔兰，他身兼数职。担任秘书期间，他对英国的政治有了一定的了解。1710年退出辉格党加入托利党，从而成为托利党人中最有能力的墨客。当时，评论时事是影响政治格局的重要手段。1713年，安妮女王任命他为圣帕特里克大教堂的牧师。随着托利党失势，他辞去职务，重返爱尔兰，继续创作了大量有关政治、文学和基督教会的作品，其中最负盛名的《格列佛游记》就是一部政治讽喻小说。晚年，他身患脑病，为此饱受折磨甚至精神失常。

对斯威夫特生平更为详尽的描述可以查阅《人生必读的哈佛经典》中《英美名家随笔》萨克雷的一篇文章。在此选辑的斯威夫特的前三篇文章能很好地佐证他是如何讨论社会和文学问题的。在讨论让他感到急迫的问题时，贯穿文中的讽刺幽默常常会变得异常猛烈，极其低俗，但他辱骂性的言论和讽刺所产生的效果令人望尘莫及。第四篇文章讲述的是埃丝特·约翰逊之死，即他笔下的"斯黛拉"，是他在与坦普尔身边生活时结识的女子，据说是他的妻子。

论谈话的诀窍

我注意到很少有关于此类的话题，就像此文很少被人提及或者只是稍加讨论一样。的确，我知道很少有人讨论这些看似难以讨论的话题，对这些话题也无话可说。

由于我们的智慧和愚昧都如此有限，人类为公众或个人幸福而追求的大部分事物很少变为现实而仅仅是空中楼阁。一位真正的朋友，一段美满的姻缘，一种完美的政府形式，凡此种种都要求诸多因素。这些事物本身很美好，将它们混合到一起亦有益处，以至于上千年来人类对抛弃内心的各种小算盘来完善自我不再抱有任何希望了。但是在谈话中可能是这种情况，也可能是截然相反的情况，因为在此我们只想尽量避免太多的错误，虽然这有困难，但每个人都有能力做到，因为想要实现这一目的也同其他事情一样只是一种空想。因此在我看来，了解谈话最真实的方法就是去了解谈话中常见的缺点和易犯的错误。随之，人人树立自己的箴言，这可能不太会受到局限，因为这并不要求大部分人天赋异禀，也不要求有任何伟大的天赋和高深的学问。这是因为大自然已经赋予了我们每个人讨人喜欢的能力，虽然这能力在集体中并不出众，而且有上百人能同时满足以上两点，这些人因本身缺点少，他们可以在半小时内纠正自己，对他们而言，缺点是难以忍受的。

我因感到愤慨，所以必须写下对这一话题的一些想法来说明这是一种有用又天真的快乐，它适用于人生的各个时期、各种条件，而且每个人都有这个能力，我们不应该忽视它，或滥用它。

在这篇论说中，有必要指出那些显而易见的错误，以及那些较少被人注意到的错误，因为总有人时不时会犯错误。

比如：言多必失。我记得五人同行时，有某个人滔滔不绝说个没完没了，却不让其他人说话，这让他人感到反感。但就爱说的人而言，没有谁能比得上有意为之的谈话者。这些人说话时小心谨慎，深思熟虑，然后引出多个话题。此外，他们只要得到一点小提示就会引出另一个故事，并承诺讲完当下的故事就会讲述下一个故事。他们总是能回归到自己的话题上，只要叫不上谁的名字就会双手抱头，抱怨自己记性差，使得整个集体陷入沉默，最终又原谅自己，继续讲个没完没了，结果却发现这个故事，他人已经听过不少于五十遍了，或者顶多是些了无生趣的冒险故事。

谈话中另一个常见的错误是有些人总爱说自己的事。这种人本无名声却细细讲述自己的生平。他们会谈到自己的疾病史，会列举自己在法庭上、议会上、恋爱中或法律中遭受的种种不公与痛苦。有些人更为机智，会耍手段来博得称赞。他们会叫来一个证人，用来见证他们总是预言在这样的情况下会发生什么，但没有人会相信他们。他们从一开始就找来证人，并告诉他后果，结果真实情况正如他们预知的那样：他们有自己的一套方式。一些人白费力气指明他们的缺点；他们是这世界上最奇怪的人；他们无法伪装，自己本身就是愚昧之人；他们也因此丧失了诸多的优势。但是，纵使你给予他们全世界，他们也无能为力，因为他们天生憎恶虚伪和约束，憎恶许多其他同一高度的让人难以忍受的话题。

人人都最看重自己，并且认为自己对别人同样重要，却从未做过这么容易而明显的反思：他人丝毫不关心你自己的事情，正如你从不关心他人的事情一样。至于到底有多不关心，理智会告诉你。

在集体中，我常常注意到两个人由于某种巧合，意外地发现两人曾就读于同一所学校或者大学，之后集体中其他人就无话可说了，只好听这两个人回忆往昔，讲述有关他们的故事。

我认识一位伟大的军官，他总是静坐着，保持着一种既过分又不耐烦的沉默，对说话的人充满愤慨与鄙夷。在突然有需求的观众面前，以一种简短的方式来决定事情，之后又开始陷入沉思，绝不多说一句，直到他的精神重回到原点。

谈话中有些错误是智慧之人不会触犯的，两个有智慧的人同处时也不会犯那些错误。一旦他们开口说话，无须试图说出有智慧的话语。他们认为蓄意为之对听众和他们自己均是种折磨，何况总是围绕着那些小成就。他们必须做出非同凡响的事情来表现自己，彰显品质，不然听众们也许会感到失望并且认为他们同其他凡夫俗子没什么差别。我认识两位智者，他们不厌其烦地聚到一起娱乐大众，他们编造出一个滑稽的人物并调侃自己让听众笑声不断。

我认识一位智者，他总是感到不自在，除非人们让他来决定并主持谈话。他不期盼别人告诉自己一些事情，也不期待他人取悦自己，而一心只想展现自己的才能。他的职责就是成为志趣相投的伙伴，而不是善于谈话。因此，他常常同那些乐意聆听的人交谈，并在欣赏自己的人面前自诩为专家。的确，我这辈子听过的最糟糕的谈话发生在威尔咖啡店内，那里之前是智者们（他们是这样称呼自己的）聚集的地方。也就是说，他们五六个人，有的从事话剧创作，有的作序，有的参与杂志创作，聚到一起用各自的琐事来相互娱乐，并且爱摆架子，好像他们是人类本性最高尚的努力，或者好像王国的命运掌握在他们手中。他们通常同一群谦卑的年轻人交谈，这些年轻人有的来自客栈，有的来自大学，大老远来到咖啡馆听这些

"智者"谈话，然后他们带着对他们的法律和哲学的轻蔑态度回到了家，他们的脑袋里满是垃圾，但美其名曰礼仪、批判和名言。

从这种意义上来说，多年以来，诗人纷纷步入迂腐的后尘。我认为，迂腐这个词使用不当，因为这个词经常会在谈话中搅扰我们的知识，而且太受重视。就这一定义而言，法庭上的人或者军队中的人同哲学家或者圣人一样背负着迂腐的罪名。女人也一样，在她们过多地讨论服饰、炊具或者瓷器时也同样有罪。尽管是出于谨慎，同样也是出于礼仪，男人一般会聊他们精通的话题，但是这是一个智者难以接受的自由，因为，除了他要背负迂腐的罪名，他永远不会改进的。

大的集镇常有某一表演者，滑稽模仿者或者小丑，他用最好的桌子设立一个招待会，接待一流的人物，被邀请来娱乐伙伴，这一点我并不反对。他只是去演一出木偶戏，他的职责就是应时笑出声来，无论是真心的还是碍于礼仪。这是他的职责，我们可以假设有人付他工资。我只在智者和学者受邀共度一晚的私人聚会上与人争吵。这个丑角得到允许，反复使用他的诡计，这群人无法进行任何谈话，让人感到狼狈不堪和耻辱。

舌战是谈话中最有意思的部分，但是，考虑到我们习惯于恭维任何对我们而言宝贵的东西，我们就结束这一话题，转而讨论通常被称为机智又巧妙回复的话题上。正如某种昂贵的时尚物品流行时，那些买不起的人就会用廉价的仿制品来让自己满足。用言语恶意贬低他人、让他人颜面尽失、让他人荒谬可笑，或者揭露他人缺点或他理解上的缺陷，这些全属于舌战的范畴。在这些场合下，他知道自己不能发脾气，免得受人指责说他开不起玩笑。我注意到有人擅长玩弄这种伎俩，他们会挑出一个软弱的对手，在他的身边开怀大笑，感觉自己大获全胜，这真令人佩服。

"舌战"一词是从法语中借来的词汇，法国人对这件事有着完全不同的看法，而且在父辈的更讲究礼貌的那个年代我们也有这个词。舌战一开始表现为责怪或者反省，之后却又出乎意料地变成一种赞美，并成为他人的优势。此外可以肯定的是，谈话中最好的准则就是绝不说任何集体希望保密的话，也决不说任何明明可以让大家意见一致，却最终让大家不欢而散、相互不满意的话。

谈话中有两个错误看似不同，实则如出一辙，并且都饱受诟病。这两种错误一是缺乏耐心打断他人讲话，二是担心自己说话时被他人打断。谈话有两个主要目标，一是为了娱乐大众并提升集体中的个体，二是为了接待能让我们受益的人。对所有会思考的人而言，他们不会轻易地犯其中任何一个错误，因为在集体中发言的个体，我们都可以认为他发言时是为了听众的缘由，而非出自个人的利益，只需稍作斟酌便不会强迫他人认真听讲。同样，他也不会打扰那些听得津津有味的听众，因为凡事优先考虑自己实属最让人讨厌的做法。

还有些人，他们的礼貌不允许自己去打断你的谈话，但是，他们有一个称得上很坏的习惯就是极度缺乏耐心，他们不停地注视着手表直到你讲完话，因为他们脑中也有渴望表达的东西。同时，因为他们总是担心会忘掉旧事，他们就总是提及过去发生的事情，以便他们的想象力也完全依赖在已经发生的事情上。他们也因此局限了自己的创造力，这可能会涉及上百件好东西，同样也可以更加自然地介绍这些东西。

好友间有一种粗鲁的熟悉。有些人通过在密友间练习，引入他们的一般谈话，并且将之转入某种无辜的自由与幽默中。在我们北方的习俗下，这是一种危险的做法。任何细小的礼仪和礼貌都由艺术催发，并随时会沦为野蛮。这在罗马时期属于奴隶间的舌战，我们可以在普劳图斯的作品中找到诸多实例。看起来这种习俗似乎是由克伦威尔引入的。他偏爱人类中的败类，并使之成为一种娱乐。对此，我见到过许多详细资料。考虑到所有的东西都被颠覆，这是合理又明智的：虽然这只是一种极端的嘲弄荣誉的政策，但是绅士间哪怕用错了最小的一个词语也会引发一场决斗。

有些人很擅长讲故事，并且知道许多故事，他们可以根据不同的场合在不同的集体中讲出这些故事。此外，考虑到我们所进行谈话的程度之低，这并不总是一个可以鄙视的才能。然而，这不可避免地会犯错误：经常重复讲述同一故事，最终导致兴致全无，以至于那些珍重这种才能的人需要具备良好的记忆力来频繁地更换自己的公司，而他可能不会意识到自己资金不足。对于接受捐赠的人而言，他们很少有额外收入，全仰赖股市。

公共场合中一流的演讲者很少有擅长私人谈话的，不管他们的才能是天生的还是后天训练获得的，都需要在私人谈话中时刻保持谨慎。天生的演说术，虽然看起来自相矛盾，但通常起源于毫无成果的发明以及贫瘠的词汇，凭借对每个话题都有的诸多概念，一系列词组来表达自己，这些人流于肤浅，并让自己出席每一个场合。因此，通常情况下，知识渊博又了解一门语言范畴的人，都是差劲的演讲者，除非他们接受了大量训练和鼓舞。因为他们受太多问题困扰，有各种各样的概念和词汇，却不能轻易做出选择。但事实上，他们被太多种选择困惑和纠缠，这对私人谈话是没什么劣势可言的，相反，高谈阔论在私人谈话中是最让人难以忍受的才能。

对谈话而言，没有比爱表现出自己的智慧更能毁掉一个人的了。未表现出智慧的一面，他们总鼓舞一帮跟随者和欣赏者，这些人为他们服务，通过相互取悦对方的虚荣心来讲述彼此的事迹。这给前者一种优越感，也让后者变得更为实际，但这两者都让人难以忍受。

我在此所说的这些话不是出于争端或者矛盾，也不是针对那些受想法摇摆不定困扰的人。这些人毫无头绪，不知道当下该说些什么。任何符合以上情况之一的人都不适合谈话，正如在疯人院中的疯子不适合谈话一样。

我认为我已经讨论了我们注意到或者记得的谈话中的大部分错误，除了一些纯属个人问题或太严重的错误，例如猥亵或亵渎性话题。我假装只谈论一些常见的谈话中的错误，而不去谈论一些话题，否则就会无止休地谈论下去。由此，我们便可以得知人类本性是最低贱的。他们滥用这种才能——这种将我们与野兽区分开来的才能，我们没有充分利用这种可能是最卓越、最长久、最纯真同样也是最有用的才能。缺乏这种才能，我们只能对穿衣打扮或拜访他人感兴趣，或者更糟糕的是，对游戏、饮酒、充满仇恨的爱情感兴趣。这些事物会让贵族和绅士的身心都腐化堕落，会让他们丧失爱、幽默、友谊、慷慨。这些纨绔习气会遭世人嘲笑很长一段时间。

这种会对我们的幽默感和性情产生恶果的使人堕落的谈话，一直以来被视为引起不良社会习气的因素之一。过去，妇女无法参加任何社会活动，她们不能在戏剧中扮演角色，不能跳舞，不能追求爱情。我认为英国历史上最讲究礼仪的时期（与法国是同一时期）是查理一世统治时的一段和平时期。通过阅读记载那一时期历史的书籍以及查看那一时期人们留下的口述，我发现那时候用以提高和培养谈话的方法与我们现在使用的方法截然不同。阅读那一时期诗人的作品可以得知，一些杰出的女士常聚集在家中。她们邀请理解力最强的人，男男女女共聚一堂，讨论让人愉快的话题。尽管我们惯于嘲笑她们在爱情和友谊中所拥有的崇高的柏拉图式的观念，但我认为她们的优雅是基于理性的。此外，一点点的浪漫情怀也无可厚非，并且还能升华人类的尊严。没有这份优雅，她们容易堕落成一切肮脏的、恶毒的和低俗的事物。倘若女子的谈话没有别的用途，这也足以限制那些傲慢、下流的话题，而这些话题是北方的天才们倾向讨论的。因此，我们可以注意到有些擅长在公园或者娱乐场所娱乐大众的绅士，在同高尚又幽默的女子相处时，却变得哑口无言，颇感难堪，如鱼儿离开了水，不得其所。

有些人认为他们通过讲述不用承担后果的真相就能充分表现自己，并且娱乐大众，我注意到苏格兰人比其他任何民族都要小心谨慎，从而避免忽略最细小的时间和地点情况。某种类型的谈话，如果不是用粗鲁的术语和词组表达出来，如果不带有苏格兰特有的口音和手势，对他们来说都是难以忍受的。在集体中说太多话不是缺点，但长时间讲太多话就是缺点了。因为如果集体中的大多数人天性寡言或谨小慎微，那么谈话便会平淡无奇，除非他们当中有人能不停地讨论新的话题来活跃气氛。这么做的前提是他留有空间让别人给出回复，而不是自己絮絮叨叨地说个没完没了。

论礼貌与教养

礼貌是一门艺术，能够使与我们交谈的人感到我们平易近人。

在群体中，最有教养的人就是让人感到轻松自在的人。

最好的法律是建立在理性之上的，同样，最好的礼貌也是建立在理性之上的。一些律师把不合理的东西引入普通法。同样，许多老师也把一些荒谬的东西引入到日常的礼貌中。

这门艺术的一个主要原则就是，让我们的行为举止适合三个不同层次的人：高于我们层次的、与我们同一层次的和低于我们层次的人。

例如，强迫前两种层次的人吃吃喝喝是违反礼仪的，但是农夫或者商贩必须得到这样的待遇，否则很难说服他们：他们是受欢迎的。

傲慢自大、心地不良、缺乏理智，是有失礼貌的三大根源。如果能根除这些弊病，没有人会因缺乏经验，或者，如某些愚人所说，因为安于世故而有失礼貌的。

我敢断言，谁都能举出一个事例来说明，如果我们不被骄傲自大或者心地不良所误导，理智总会指引我们与人交往时谈吐得体，举止适度。

因此，我坚持认为理智是礼貌的重要基础。但是，因为前者是人类中很少能够具有的天赋，所以世界的所有文明国家都同意制定最适合他们风俗或想象的规章制度来指导规范的行为，作为一种人为的理性以弥补理性的不足。如果没有这些人为的理性，愚人蠢材中有绅士风度的那部分人将永远只是进行暴力的决斗，在他们碰巧喝醉了或者因女人和玩乐而与人争论不休时，也总是这样。而且，谢天谢地，如果一年中发生一场决斗，都可能会归咎于这三种根源中的一种。鉴于此，我非常遗憾地发现立法机关制定了反对决斗的新法律。因为，对于明智之人来说，有很多且容易的办法避免体面的决斗或无知的搏杀。并且，在法律没有找到权宜之计的地方，忍受欺凌者、诈骗者和浪荡子用他们自己的方法来消除彼此、清理世界，而且我没发现有任何政治上的邪恶。

礼貌的规范形式是为了规范那些理解力较弱的人的行为举止，然而这些规范形式又被那些它们的制定对象破坏了。对于这些人来说，他们已经陷入了一种不必要的、无休止的繁文缛节中，这对那些遵守执行规范的人来说是极其麻烦的，而且对所有人都是不可容忍的。所以，明智的人往往对这些彬彬有礼之人的过分客套而感到局促不安，与农夫商贩交谈反而更感轻松自如。

这种仪式行为的矫揉造作到处可见，但在那些有良好教养、养尊处优的女士们所设的酒席上尤显荒唐；而一位男士必须要无所事事地消磨一个小时的时间，除非他敢于打破这个家族所有的既定礼仪。这家女主人决定着男士的食物喜好和食物定量。如果这家男主人恰好与女主人为一丘之貉，他便会在饮酒时以同样的方式发号施令。与此同时，你不得不成百上千次地回应他们的令人无法消受的种种道歉。尽管很多时尚风雅的人已经摒弃或削弱这种可笑的习气，但在乡间流弊更广。有位诚实的绅士让我见识了这一礼节：他曾连续四天被强留在乡间友人的家里，终日不情愿地忙于藏匿靴子、锁上马厩之类矫揉造作的礼节。结果连来带去的全部时间，所有行事都违背他的意愿，他也不直接反驳，好像是朋友全家人都在折磨他。

除此之外，在这些不幸的繁文缛节仪式中，我所观察到的许多愚蠢和荒谬之事真是数不胜数。我就曾经见过一位伯爵夫人几乎被一个过于殷勤的蠢家伙撞到，因为他急匆匆地奔向前去为她开门，以免她的举手之劳。我记得在一次宫廷的生日宴会上，一位贵妇人当时向邻座的客人行礼，她突然移动手肘，正巧仆人手中的一小碟酱油泼洒在她的头饰和缎子衣服上，那时她简直是狼狈不堪，绝望至极。荷兰特使伯于斯的政治才能和礼貌举止是非凡卓著的。有一次他带着大约十三岁的儿子到宫中赴宴，父子俩把所有东西都装进盘子里，然后按次序传给在座的每一个人，所以一餐酒席下来我们没有片刻安宁。最后，他们的两个盘子碰巧相撞，瓷盘碎成二十多块，在座的客人有半数人身上都被甜点和奶油溅污。

正如在艺术和科学的领域中，有时甚至在商贸买卖中有迂腐陈规一样，礼貌行为也有迂腐陈规。确切地说迂腐陈规过分夸大了我们所渴求的知识。那种知识越是无聊，迂腐陈规就越严重。因此，我把小提琴手、舞蹈大师、掌礼人、司仪等人，看成是比利普修斯和年长的斯卡利杰更有过之而无不及的学究迂夫。据我所知，这类迂夫，在宫中一直都大有人在。我的意思是，从风度像绅士一般的领宾员到门房，一般来说这些人是不列颠岛上最微不足道的一群人，他们的礼貌程度最不值一提，而礼仪却是他们唯一的看家本领。他们目不识丁，主要在同类间相互交谈，将教养的整个系统压缩到他们所从事的几项职能的形式和圈子中。由于他们从不为王公大臣们所注意，因此无论在任何变革下，他们都在宫廷中生生死死，极力阿谀奉承那些得到任何程度宠幸和褒奖的人，粗暴无礼其他人。所以，我早就得出这样的结论，礼貌并不是宫廷成长的一种植物。因为如果是这样的植物，那些知书达理慧眼识人的人，那些长久以来专修礼仪的人，肯定会把它们采撷起来的。至于那些侍奉王子、参政议事或为他家庭主事的文武官员们，也只不过是一群匆匆过客，没有比别人的言行举止更显礼貌，也不可能求助于绅士招待员。所以我知道，人们在宫廷里学不到什么礼貌，或许在衣着华丽的重要场合能有所收获。在这一点上，宫廷侍女的权威和最受欢迎的女演员的意见必须同等对待。

记得我的博林布鲁克勋爵大人告诉我这么一个故事：有一次他要去登岸处，迎接统治意大利的萨伏伊王室的尤金王子觐见女王陛下，王子说他很担心那天晚上不能去见女王，因为霍夫曼先生（他当时就站在旁边）已经禀告陛下，女王可能不会接见头上戴着佩鲁基男子假发的人。王子的服饰还没有送到，他试图在他所有的佣人侍从中借一个长的假发，但毫无结果。大人将此事视为一个笑话，把王子带到了女王陛下的面前。为了此事，大人受到全体绅士招待员的强烈谴责。正是从他们之中，这位法国皇帝的驻外公使，无趣的霍夫曼先生，偶然地获得这条重要的礼仪准则。我相信，这是他驻外任职二十五年间学到的最重要的一课。

我要区别对待礼貌和教养，虽然，为了变换我的表达方式，我有时还得把它们混为一谈。关于礼貌，我只懂得记住和应用行为规范方面的约定俗成的一门艺术。但是好的教养范围要广很多。因为，除了一种不寻常的文字材料足以使一位绅士有资格阅读剧本和政治小册子外，它还需要广博的知识，绝不少于跳舞、作战、赌博、周游意大利、骑高头大马和讲法语所需要的知识，更何况一些更容易获得的次要的、低等的技能。因此，教养和礼貌的区别在于：不经过刻苦学习而光凭出色的理解能力，很难获得好的教养；而在没有其他帮助的情况下，一个可以容忍的理由将指导我们礼貌的每一个方面。

对于这个题目，就礼貌的本质而言，除了列举有关礼貌的一些细节，我想不出什么更为有用的了。忽略或误导这些细节将大大扰乱这个世界的和谐交往，因为在大多数的人群中会出现相互干扰、不安分的一系列因素。

首先，严格遵守时间是礼貌的一个必要部分，无论在我们自己的住处、在别人的寓所，还是在第三个地方；无论是客套寒暄、商业往来，还是消遣娱乐。尽管这条规则是常识所规定，但我所认识的最伟大的大臣却是最不遵守这条规则的人。于是，他的事务缠身，使他永远不堪应付。过去我常嘲笑他缺乏礼貌。我曾认识不止一位大使和国务大臣，他们能力平平，却因严谨准时而功勋卓著，赢得人心。如果别人为你效劳，而你又认真守时，那他的责任感就会倍增；如果你单独行事，而又疏于守时，那将是一种愚蠢和忘恩负义的行为。如果两种情况同时出现，你让你的同辈或是下属服侍你，而你又让他们久等，那将是傲慢无礼而又不公正的。

对礼貌形式的无知不能视为不礼貌，因为其形式经常发生变化。

由于不是基于理性而建立的，也就不为一个明智的人所关心。

此外，礼貌形式在每个国家的情况各不相同；过了一段时间，在同一国家礼貌形式也频繁变化。因此，一个旅行者他每到一处，首先是对当地的礼貌形式、风俗习惯感到陌生，而也许当他回家的时候，他对自己当地的礼貌形式和风俗习惯也同样感到陌生。毕竟，不断变化的礼貌形式比容貌或名字更容易被人记住或遗忘。

实际上，许多浅薄的年轻人从国外带回来许多不礼貌的行为，其中这种对礼貌形式的盲从最为严重，比其他的不礼貌形式更为突出。他们不仅认为可以对这些礼貌形式进行选择使用，而且还非常重要，因此，在各种场合他们都要热心地介绍和宣传他们带回的新形式和新时尚。一般来说，一群人里最没有教养的是刚从国外回来的年轻旅行者。

致年轻诗人的一封建议信

先生：

由于我一直承认与你的友谊，并且因此对你的行为和研究同那些通常所认同的年轻人相比要更加好奇，所以我必须表示，就我自己而言，当我发现你已经完全曲解了自己对英语诗歌的看法，把它变成了你的专业和挣钱的手段时，我真是十分难过。在这封信中，我倾向于鼓励你，主要有两个原因：第一，你现在的处境很狭隘；第二，诗歌对人类和社会的巨大作用，以及对生活的每一种职业的作用。在这些观点上，我不能不赞扬你明智的决心，早早从其他无利可图的严肃研究中抽身而出，奔向了一个更加美好的未来；如果你运气好，可以为朋友和国家增光添彩。这可能是你的理由，进一步鼓励的话，你可以考虑，古往今来的历史，并不能为你提供一个实例，此人在各个领域都有成就，在某种程度上并不精于诗歌，或者说至少对这方面的专家来说，只是一个爱好者。我也不想绝望地去证明，如果有法律上的要求，对于诗歌并没有任何品味，也没有任何作诗的能力，就不可能成为一个好的士兵、牧师或律师，或者甚至是更夫、民谣歌手。但是在这方面我无须多谈，因为在我之前，著名的菲利普·西德尼先生在他的《诗辩》中已经详尽地讨论了这个问题。因此我除此之外无须做其他任何备注，他在《诗辩》中对自己的观点十分有信心。

就我个人而言，自从我上学以来，从来没有写过一段诗。因为我在诗歌的错误中经历太多苦难，从那时起就对它没有任何的爱，所以从我自己的经验中，我不能给你你想要的那些指导；同样，由于我喜欢隐藏自己的激情，我也不会宣布我对自己在生命中的某些时期对诗歌的忽视感到多么的遗憾，因为诗歌对提升所学内容的美感是最合适的；此外，我的年龄和缺点同样让我对你感到抱歉，因为戴着眼镜、双手颤抖的我并不配成为你的写作导师。尽管我可能不会在这么多关系到你的声望和幸福的重要事情上指导你，可在这里我会给你一些关于这个主题的思路，这些都是我从阅读和观察中总结出来的。

有一些小的工具被学者使用，材料或是小麦秸秆做成的（老旧的阿卡迪亚的管道），或是仅仅三英寸的细管，或者是剥去的羽毛，或者是一根金针。这些小工具，人们常常将它的头靠在右手的拇指上，并由第二个手指支撑。这个工具有一个更加广为人知的名字——牛毛草。因此，我将在这里做这样一小小的指导，并且将指出一些对你诗歌入门有益的特别之处。

首先，我并不确信，让一个现代诗人相信上帝，或者有某种非常强烈的宗教信仰是必不可少的。在这篇文章中，请允许我怀疑一下你的能力，因为宗教信仰是你的母亲教给你的，你将很难，至少不容易一下摒除早期所产生的偏见。但你要这样想，成为一个智者要比成为一个虔诚的基督徒好得多，虽然这会让你与芸芸众生不尽相同。那么，如果通过询问，你发现了由于教育的性质产生出的自身软弱的地方，我的建议是，你应该立刻放下你的钢笔，并且不再做和写诗有任何关系的事情，除非你仅仅满足于作一首无聊的诗，或者甘愿被同人斥责，或者能够隐瞒你的宗教信仰，像一个绅士那样对待他人彬彬有礼。对诗歌来说，由于它们在过去的这些年中被管束操控着，例如通过进行交易（以及我在这里所说的这些，因为我不将为了消遣而写诗的人称为诗人，他同绅士相比更像个小提琴家，用小提琴自娱自乐），我认为我们后来的诗歌已经从狭义上的美德和虔诚中脱离开来了，因为它们往往产生于我们这些作者的经历中，而宗教的力量被最小化了。就像波尔多酒庄的一滴麦芽酒，将使最伟大的诗歌天才也为之沉醉。

宗教信仰产生了天堂和地狱。上帝的话、圣礼以及另外二十种情况，严格地说，是一种关于智慧与幽默的检验。例如，一首真实的诗歌并不能屈服于诗意许可的省略，但是对他来说，让其他人认真地相信那些事情，依然是必要的，他的智慧可能建立于他们的智慧之上。因为虽然一个智者不必有宗教信仰，宗教信仰依然是必需的，就像一个在手上使用的工具一样。而对于这一点，现代诗人通过列举他们伟大的偶像卢克雷修斯来进行辩护，他并不是一个十分有名的诗人（事实上他是），但他站在信仰的制高点上——宗教的科目，并且通过不断提升水准，拥有了所有他自己的和后来诗歌的优点，他并没有被安装在同一个基座上。

另外，进一步观察发现，佩特罗尼乌斯——他们所喜爱的另一位大师，他主要强调一个优秀诗人所应具有的资质，主要是坚持自由精神。而那些我一直以来无视的东西至今却仍然支撑着他的观点，例如一部好的创作，或者一部伟大作品的产生，或者一种明快的想象力。但是我得到了一个更好的建议，这是从现代诗人的观点和实践中总结而来的，并且把它书面化成了一种自由的精神。这样一种精神，它剔除了关于上帝、宗教信仰以及不同世界观的各种偏见。对我来说，它却只是一个普通的声明，表明为什么现在的诗人，他们有这样的义务成为一个思想上的自由人。

但是，虽然我不能将宗教信仰强加在一些最杰出的英国诗人的创作中，但我可以从他们的例子中给你一个忠告：熟悉《圣经》，如果可能的话，让你自己完全掌握它。然而在这一点上，我所要做的就是向你施加一项虔诚的任务。我绝不希望你相信它，或者对它的权威有很大的压力（在你认为合适的时候你可以这么做），但要把它看成是智者和诗人的必需装备，这和基督教的观点是完全不同的。因为我已经观察到，最伟大的智者是最好的诗人。我们所有的现代诗人，他们同一些神学家一样也在读《圣经》，但更多的注意力却集中在短句上。他们从历史的角度，批判地、滑稽地、诗意地阅读。《圣经》无疑是一笔智慧的财富，并且充满着哲理。根据现代的实践，你可能会对它感到诙谐。但说真话，我不知道我们的剧作家们会怎么做，比如意象、典故、比喻、例子，甚至语言本身。合上这些神圣的书籍，我们的智慧会受到束缚，会像闹钟一样慢慢地停下，或者像股票那样下跌，会毁掉我们国家将近一半的诗人。如果情况如此，那么大多数的家族会怎样在资金上自由分配呢（我认为所有的作家中，不朽的爱迪生能更好地利用他的《圣经》，还有几人也能）？他们为及时地抽身而感到高兴，让当下的这一代诗人变成了泡影。

但在这里，我必须注意一点，并希望你们注意，在阅读《圣经》的建议中，我对你们的资格、对于诗歌的要求，并不是没有想到。我提到过，因为我发现了一个由我们的英国诗人所提出的那种观点，我想，是要由其他人来维护的。在一个假设的情景中，他对斯宾塞说：

　　"——如果能行按手礼，我就能获得
　　那些灵丹妙药和机警的智慧。"

　　在我看来，这段话是《圣经》里一个著名的典故。为了亵渎而接近亵渎的小情况下，做出（但是合理的）让步是无可厚非的。除了一些有用的发现，比如，诗歌中有主教，这些主教必须任命年轻的诗人，并行按手礼。诗歌同样也是治愈灵魂的良药。所以说，有着这种治愈能力的人是诗人，通常都是如此。的确，诗人和神职人员依旧有着同样的职责和功能，那些牧师的同盟如今依然存在，我把这个看作是对于具有如此大影响力的名称的唯一正当理由，当然，我指的是这些神职诗人的谦逊的称号。然而，由于从未出席过诗歌中所描述的祝圣仪式，我对这种事情毫无概念，因此，在这里也就不赘言了。

　　人们认为，《圣经》不仅是现代智慧的源泉，也是现代智慧的主题，而我在这里，至少可以对你阅读时的偏好加以指引。在对它们进行了一个透彻的认识之后，我建议你将你的思路转变到以人为本的文学上，我这么说更多的是迎合大众的期许，而不是我自己的感受。

　　说实话，没有什么比看到人类在学习过程中产生的偏见这样的事情更加令我惊讶的了，因为人类普遍认为有必要成为一名优秀的学者，才能成为一个优秀的诗人。而事实上，这个观点简直错得离谱，否则就会有更多相反的实践和经验了。当然，我是不会去进行争辩的，如果有人对我自诩他现在是诗人，那么他之前必然是所谓的"学者"；他可能会因此成为一个更加差劲的诗人，或者由于没有进行过多迂腐的学习而变得更好。的确，与之相反的是我们祖先的观念，他们认为我们在这个年纪足够的投入会根据自身的情况获得收益，这是未经检验的，也并未察觉到其中的重大错误。所以贺拉斯告诉我们：

"这是一种很好的感觉，是缪斯的艺术之源，
让苏格拉底强大的年史传递。"

——出自贺拉斯，《诗艺》309。

但是不同的人有不同的理解力，有一些在理解上并不逊于那位诗人（如果你相信他们自己的话），在这条规则下不会看不到任何结果，也不羞于宣称自己是相反的意见。难道许多不懂这一原理的人也都能在共有的规则之上写得很好吗？许多人太过聪明，不可能成为诗人；而另一些人太过诗化，不可能成为智者。显然，我们这个时代的一些最伟大的白痴，是最出色的表演者；难道一个人成为诗人必须得是哲学家吗？为此，我呼吁人类要进行判断和观察。在这里提及菲利普·西德尼先生对这一问题的一些值得注意的言论，也许不恰当。他说："在我们的邻国爱尔兰，那里，真正的学问刚刚够，但那里的诗人却受到虔诚的崇敬。"这表明，学问对成为一个诗人或者判断一个诗人都不是必要的手段。我们从更加长远的角度来看待事物的命运，尽管我们的学问一如既往的刚刚够，但我们的诗人们在虔诚的崇敬上却并不同于以往，反而成了这个国家最可鄙的

人，这既令人诧异，也令人哀叹。

一些古代哲学家是诗人（根据上述作者的说法，苏格拉底和柏拉图都是；然而，这是我以前所不知道的），但这并不是说，所有的诗人都是，或者都应该成为哲学家，否则他们都会穷困潦倒了。在某种意义上，伟大的剧作家莎士比亚不是一个学者，却是一个哲学家，也是一个杰出的诗人。同样，我也不认为一个已故的最明智的批评家同他人一样，在推进这一观点的时候有类似荒谬错误，"如果莎士比亚是很好的学者，那他就是很差的诗人"。威廉·达文南特先生是另一个典型例子。同样，这一点也不应该被忘记，柏拉图曾公开与全体诗人为敌，这可能也是为什么诗人们总与他的观念不和的原因，也导致了诗人们拒绝学习哲学，成为哲学家。在我看来，哲学和任何其他方面的学问对诗歌的创作都无益（也就是说如果你相信同一个作者，这就是有关"所有学问的总结"），这就好比一个作家要想画好画、了解光的原理，以及在色彩运用上的比例和多样性都是十分重要的。

因此，一个叫彼得罗纽斯·阿比特的作家，犯过同样的错误，他自信地宣称，要成为优秀诗人，那就是"一种思想淹没了一条巨大的学问之河"。相反地，我认为，他的断言（用最温和的语言来表述）并不比对这些时代的任何绅士风度的诗人的一种不公正的、不好看的反映更好。而伴随着他的离开，洪水般的讨论也渐渐终止。据我所知，我们当中的一些人被认为是富有诗意的伟大智者，并没有什么真正的学问；但我也没有将他们想得更糟糕。

因为我的个人观点是，我赞同每一个人都要干好自己的本职工作，并且做他力所能及的事情，这往往创造出比所有人预期的更好的东西。我认为智慧的花朵理应在春天开放，在自己的花园中，从自己的根和茎中抽枝发芽，而不应该依靠外部的援助。同样，我觉得人的智慧也像一个喷泉，它可以在你无法察觉到的地方滋养自身，而不需要像河流一样，需要瀑布的不断支持。

或者，因为这种情况是与一些贫瘠的智慧相联系的，所以如果有必要，要吸收他人的想法来丰富自己的智慧，就像水泵只有装入水才能工作一样。在这种情况下，我推荐一些被认可的古代著名作家，你可以阅读他们的作品，例如一个诗人或智者。由于你所追寻的是狂放的想象，就像猴子在它的主人头上抓害虫一样，你会发现，这样的想象力在这些古代作家的文字中随处可见，这就像在古老的奶酪里，而不是在新的食物里；出于这个原因，你必须有古典的修养，尤其是那些最古老的东西，都要铭记于心。

但有了这样的谨慎，你无法像一个倒霉的家伙对待老祖宗那样毫无愧疚地去掠夺他们的口袋，并用这种方法来偷窃那些古人的智慧。你要做的不是从他们那里进行掠夺，而是利用他们来提升你自己，将他们的观念和想象内化成自己的，这是一个伟大的判断的结果。虽然很难，但成功的可能性也是很大的。当然，也不会产生卑鄙偷窃这样的污名。因为我谦卑地设想，虽然我从我邻居的火种上点了自己的蜡烛，但这并没有改变我创作的性质，也就是说，不论灯芯，还是蜡，还是火焰，还是一整支蜡烛，都是我自己的。

或许你会认为，从许多先贤出类拔萃的学识中学习到足够多的知识，是一项非常困难的任务，而事实也的确如此，但对于后来从摘要、节选、总结中所选出的简短易懂的方法来说，这是一种令人钦佩的权宜之计。通过很少的阅读进行学习，同火镜的使用原理一样，将如散射光线般的智慧汇集起来并学习这些作品，使他们对读者的想象力产生热情和快速的反应。与此相关的是，其他现代的咨询指标，也就是阅读书籍，甚至从别人结束的地方开始阅读，这也是一个了解作品的简单的方法。因为作者要像龙虾一样被使用，你必须在尾巴上寻找最好的肉，然后把身体的其他部分放回盘子里却不需要去动它。最狡猾的小偷（其实是这样的读者，仅仅从文章中借用，换句话说，也就是抢夺）往往从背后翻开箱包，而不是一直潜伏在主人的口袋边。最后，你学习到了许多哲学的基本要素，而从逻辑学上看，在意图中，目的第一。

因此，学术界最为感谢的是一位已故的古典文学的痛苦而明智的编撰者，他善于用十分精巧的新式方法进行编写。通过他的支配管理，每一个作者都超出了他自己的索引，像一个北方的小贩一样背着他所有的资产和家当，并且带着很多种类繁多的不值钱的东西。他节省出如此多的时间和精力来追求知识，这让所有年轻的学生都赞不绝口。任何一个为学术界的未来铺平道路的人都是值得大家尊敬的，也值得每一个有机会走上这条路的人尊敬。

继续说。在我的时代，再没有比看到这些精巧的小戏剧消失更令我感到惋惜的了。年轻人往往都追求时尚，当我还是个男孩的时候，由于一些原因，那个时代诗歌的创作氛围是十分宽松的。如果说有什么东西会给作诗带来困难，没有什么比这个原因更进一步的了。如今，这些娱乐都得已愉快地复活。在我看来，你最明智的做法就是将你的想法告诉我，在你有条件的时候，不要吝啬去举行一个宴会，要在意那些可以挣钱的娱乐项目。例如，"对韵游戏"就是关于各种韵律的奇特组合，韵脚的和谐在我看来是一首好诗不可或缺的一部分。这并不仅仅是我一个人的看法，在上文中提到的菲利普·西德尼先生也曾说过"现如今，作诗的首要问题就是要坚持文字的音乐美，也就是我们所说的韵律"，这句话已经成了诗歌界的权威，不仅没有异议，也超过了所有的回复。因此，读一首新的诗歌就像是敲一个小瓦罐一样，如果敲起来听上去很好听，我们就能确定，这里面没有任何瑕疵裂纹。没有节律的诗歌，就像是没有灵魂的身体（因为"生命的核心就是韵律"），或者没有击锤的挂钟一样。这从严格意义上说，既不能使用，也不能令人愉悦。同样，这又让我想到了忠实的骑士，拥有强大的音乐细胞，对韵律的长短调都十分尊崇，他们读诗歌时"就像诗人一样"。我们著名的诗人弥尔顿却对这个国家中的这种现象有很大的偏见，他认为这种朗诵者破坏了诗歌，而他才是最正统的诗人。

由于一些原因，我很高兴地听到，在这个城市（都柏林）中有一个十分优秀的年轻人，他现在正在对弥尔顿的《失乐园》中的韵脚进行注解（对这个年轻人怎样称赞都不为过），这会使你找到你的诗歌中的缺陷，使它变得更加雄浑有力。我希望这位年轻的绅士可以成功地完成他的工作；而且，由于这是一个年轻人不大愿意去做的工作，或者说往往出现在对于他有很大好处的时候，所以我也担心他最终不会落在你的研究中。

出于同样的观点，我想向你推荐一出诙谐戏——《图片和格言》，这出戏会给你提供大量的想象空间以及适当的方法。我们这个国家的子民，在这些娱乐中找到了我们的考量，而我们很少考虑或承认它。为此，我们将我们超额的幸福归功于花束中的戒指、鼻烟盒中的格言、便签中的一句优雅笔法写出的玩笑话等。这些物品并不在这个世界的任何一个国家中。

出于同样的原因，你应该对这个剧本有一些了解——《它是什么样子？》在常用的实践中，来加快原本缓慢的能力，甚至将它提升到最快。但它的主要目的是为所有的主题提供各种各样的明喻。它将教会你寻找事物相似的地方，首先充满了各种类似的想象；其次还有各种奇特的创作以及与诗歌的各种关联，就如同它名字的暗示。我告诉你，一个优秀的诗人，头脑中不能没有各种寓意比喻的储备，就像一个鞋匠不能没有他的工具一样。他需要将它们按大小分类排列，并且按顺序挂起来，准备好这些行头，才能开门迎接客人，满足各种类型顾客脚上的需求。这里，我想更加完整地（我已经这么做很久了）坚持美妙的和谐以及诗人和鞋匠之间的相似之处，在许多情况下二者都有相通的地方，例如它们各部分的黏合，它们所需要的材料以及它们所用的去皮刀等。但我这并不是偏题，也不是在这么严肃的情况下讨论无价值的东西。

现在我认为，如果你自己去玩一些小的游戏（并没有为他人提供平等的聪明才智，例如"画手套""滑稽问答游戏""提问与命令"以及其他），将无法设想出你能从中获得怎样的好处，他又将如何打开你想象的大门。将你的空闲时间全部倾注于此，或者宁愿将你所有的空闲时间都奉献给它们，那么之后你就能成为一个有智慧的人，甚至在消遣娱乐的过程中也能提升自己，就像蜜蜂中的独特的管理那样，倾注全部的精力来进行生活，工作于不同的分工上。

我怀疑，你自己的谨慎态度不会让你在每晚都充满着灵性。在这座小镇的某个咖啡厅的一角，反而你可能会收获到智慧、信仰以及政治消息。同样，你也可以在你可支付的范围内，频繁地流连于一些游戏房中，而不需要卖出你的书。因为在我们的剧院里，即使卡托本人也要等到落幕。另外，有时，你可能会遇到一些演员之间需要考验你容忍度的谈话。他们是这样一种人，被认为有同样的能力，在舞台上充满着智慧，就像完美的绅士一样。除此之外，我还知道一个因素，就如同一个好的器皿，卖的却十分便宜，就像商人自产自销的一样。

加上这个，将现代杂记的华丽版本都摆到你的书架上，阅读各种戏剧，尤其是最新的作品，最重要的是，还有关于我们自己成长的一些订阅杂志。在一些描写爱尔兰的文章中，我十分赞成"拒绝和放弃任何来自英格兰的东西"：当我们拥有一个更加美好和便捷的风格时，我们能用什么样的方法到达彼端，是煤炭，还是诗歌？

最后，一本描写寻常人的书籍，是一个节俭的诗人活下去的精神食粮。由于这个众所周知的原因："贵人多忘事"。而另一方面，诗人是职业的说谎者，需要有很好的记忆力。为了使这两方面调和，关于追回记忆的书籍就应运而生了；或者，就需要在日常的阅读和对话中找出哪些事情是需要注意的。你不仅仅进入了你自己最初的想法中（很有可能是很少的和微不足道的），也能够进入其他一些你认为合适的人的想法之中。将这个看作一条定律，当一个作者在你的书中出现的时候，你对他的才智有着同样的要求，就如同当你以一个商人的思维来思考时，这个商人也有你的钱。

通过这几个简单的窍门（在一个好的天才的帮助下），你可以在很短的时间内赶上一个诗人的成就，在那一类人中出类拔萃，这都是有可能的。至于你的写作方法、题目的选择，我不能给你指导，但是我敢给你一些简短的提示，你可以在闲暇时扩展一下。我恳求你，决不把诗歌中最精炼和独特的概念放在一边，而且一个诗人绝不可以像普通人那样写作或者讨论，但在数量和诗歌上要像个哲人。我之所以提到这一点，是因为在这个原则的基础上，我已经知道了英雄诗体，并在布道坛上进行了一场完整的布道，还以无韵诗的方式进行了演讲，这是布道者的巨大功劳，不亚于对听众的真正的娱乐和伟大的启迪。

我需要知道其中的秘密。当这样的谈论话题不过是黏土，或者是我们通常称为悲伤的东西，不能提供更好材料的牧师，就聪明地铸模、抛光、脱水、洗涤这件陶器，然后用富有诗意的火烤，使它会像任何锅罐一样形成环状，成为摆放在普通客人面前的一个优质的餐具，就像每个观众经常来一个地方娱乐一样。

我们的祖先把座右铭放在诗里来激发缪斯，我想这是一种对祝福的渴望。在很大程度上，粗鲁的现代人已把这搁置在一边，而且对诗歌不敬，也不遵循其规则。虽然很悦耳，但这种祈祷听起来刺耳而且令人不悦（就像音乐会前调音一样），它们同样都是必要的。我的意思是，你总是要在你所有的作品中使用古怪的座右铭，因为除了这个技巧显示出读者对作家学识的了解，还有其他作用是值得赞扬的。在一首诗的前面，有一段明亮的段落，这是一个很好的标记，就像一匹马脸上的一颗星星，这篇文章肯定会因此更好。如果我没记错的话，贺拉斯是一个合格的、很好的诗人，可能教你不要限制你的缪斯女神，或者他自己用言语和措辞（这不费什么事）与少数非凡作家相反地创作实践，他们使用自然和简洁的表达方式，影响着一种风格，如同什鲁斯伯里蛋糕甜蜜的口感。他们不会多给你一个词，让人感觉每个词都是必要的，小气而贫穷，就像它不会让你比同伴吃更多的肉那样。

此外，当你开始写作，请穿上你最破的衣服，越破越好，为你的自在和更好的智慧升华，这可能是必要的。因为一个作者，像一个布商，他会因为手里有一种破布而变得更好。另外，我观察到，一个园丁为了让树结更多的果实，剪树上的外果皮（就像一件外套）：这是诗人词穷时最自然的描述，也是为什么所有活着的人都应该生病的原因。我一直对我所观察的人有一个秘密的崇拜，假如他是一个诗人或哲学家，即使他本人有点缺陷；因为丰富的矿物是在地表下最粗糙、最枯萎的地方发现的。

至于你的题目的选择，我只能给你这个警告：因为一个漂亮的赞扬方式肯定是写作或演讲中最难的一点，我决不会建议任何年轻人第一篇散文写颂词，因为它有危险性，一个特定的颂词比一般的谩骂带有更多的恶意，为此我无须给出理由。所以，我的忠告是，使用你的笔尖，而不是羽毛书写。尝试让你的第一次书写用诽谤的文字、讽刺文章或讽刺文的形式写"辉煌的一笔"。降低一半的声誉，你将会绝对地提高自己的声誉；所以它是智慧的，因为小说是你的行业。

每一个伟大的天才似乎都要骑在他人的身上，像皮拉斯骑着他的大象。要让你迟钝的老马有绝对优势，而保持住你的鞍座的方法，就是在你第一次骑上去的时候，不断地策马加鞭。这之后，你会很快地进行一天的旅程。一旦踢开世界，世界和你就会在一个合理的很好理解的状态下生活在一起。你不能不知道，你的职业被称为"诗人烦躁比赛"。你会发现很有必要让你自己有资格适应那尖锐的社会，通过第一次发挥你讽刺的天赋，抛弃善良的本性，只是为了证明自己是个真正的诗人，这值得你认真思考。总之，一个年轻的强盗通常是由一个谋杀开始的；一只年轻的猎狗初入田野的时候是要流血的；一个横行霸道者是从打自己人开始的；一个年轻的诗人必须通过删减、乱改、横冲直撞来展示他的智慧。

最后，无论其本质是一个挤牛奶的女工、厨师，还是杂役女佣，你都应该为你的缪斯女神寻找一份好的服务，这将是你的智慧。我的意思是，把你的笔出租给提供给你薪水和保护的一方；当你的作品要出版时（正是你渴望已久），小心警惕这样讨厌的朋友，用伪善的暴力敲诈你的产品；并且，根据你们的关系提示，你必须放弃极其顽强的手段。

我很不情愿，因为我在这里所说的，如果我应该被认为是在暗示，这些美好的写作环境是这个王国的诗人所不知道的。我要让我的同胞们公正地说，他们已经用非常精确的语言书写了这些规则，而且到目前为止，他们几乎不可能在英国的写作中落后于他们的写作水平。的确，崇高在我们身上并不常见。但是，在我们所有的作品中，都有大量的令人赞叹的、令人惊异的补偿。我们的好朋友

（刚才提到的骑士）提到诗歌的力量，提到了押韵，据说是在爱尔兰完成的（他补充说）。说实在的，这是我们的荣幸，在很大程度上，这种力量一直延续到今天。

如果我现在为了鼓励这个王国的诗歌，要提供一些我的可怜的想法，我希望他们能同意。我为这个高尚的职业的困境感到很痛心，我一直在研究如何使其进入佳境。当然，考虑到在诗意方式这些方面，可怕的智慧在这个城市几乎每天都带给我们惊喜。我们这里有什么惊人的天才（没有数量，我可以给实例），以什么巨大的利益可能会带给我们贸易，鼓励这里的科学发展（显而易见，因为我国亚麻生产是由我们目前的诗人所浪费的大量纸张改进的，更不用说其他同样必须使用的店主，尤其是杂货店、药店和糕点厨师。我可能会补充说，要不是我们的作家，国家将在一段时间内缺乏厕纸，从而必须从英格兰和荷兰进口，因为他们的不懈劳动，他们那里厕纸非常丰富）。我说，考虑到这些因素，我谦虚地认为，我们的统治者应该爱护这些文人墨客，并在这里给予他们适当的鼓励，这是很值得的。既然我讨论这个问题，我就会非常自由地表达我的观点，如果我得意地再加上一点，无非是我作为一个英国人有与生俱来的权利。

接着严肃地说，有很多年我都哀叹，在我们这个大而礼貌的城市里缺少葛拉布街，除非整个城市可以称为一个大街。对此，在我国宪法中，我又描述了一种不可饶恕的缺陷，因为我认为我可以这样宣称自己。大家都知道，葛拉布街是智慧的小商品市场，并在必要时，考虑到人类的大脑通常要换换思路，就像鼻子长在一个人的脸上。出于同样的原因，我们这里有一个法庭、一个大学、一个游戏屋，还有美丽的女士们、先生们、好的红葡萄酒、大量的笔、墨水和纸以及激起智慧的其他事物。但那些在其范围的人，尚未认为可以指定一个避难的地方，这是一个非常困难的情况，通过比较可以判断。

这一缺陷确实存在于无法形容的不便之处。为了不提对英联邦国家的偏见，我认为我们的健康受到了损害。我相信我们堕落的空气、频繁的大雾，在很大程度上是由于我们的智慧共同曝光而造成的。如果擅于管理，我们诗意的蒸汽可能会在一个普通的排水沟里被带走，并落入四分之一的城市，不会污染整个城市。视目前情况，这却是我们的贵族绅士们和有漂亮鼻子的人的伟大罪行。当所有作家像城市的自由人那样，随意扔掉他们的垃圾和作品，在每条街上随心所欲，可能会有什么后果呢？这座城市一定会中毒，并成了另一个厕所，就像伟大的游客所报道，在这些可恶的时代，晚上的爱丁堡被认为是一样值得好好游览的地方。

我不是要社会家去改造这种方式，但是，即使没有实用的头衔，我也很乐意看到在我们面前此事有一些修正。所以我谦卑地请求市长、参议员委员会、普通法院的支持，和这个城市的艺术界一起，建议他们从政治上考虑这件事。我说服自己，他们不会想要尽他们最大的努力，如果他们可以同时服务于两个这样的好目标——既能保证城镇和美，又能鼓励诗歌创作。考虑到讽刺诗人和讽刺作家的公职，我也不会有任何的例外。但是，事实上，他们的职责是建成养狗场、收集街道和家庭的污物（他们可能成为城市的拾荒者或烟囱清洁工）。然而，与此同时我发现，他们自己也有非常肮脏的衣服，丢掉比他们扫除的更多的肮脏、污秽。

一句话：我所要做的是（因为我喜欢对我国重要的事情上持简单态度），在这座城市的一些私人街道或死胡同，公众出资建造缪斯的公寓（像在罗马和阿姆斯特丹的那些），完全托付给我们的智慧来使用，提供所有的附属物，如作者、监事、印刷机、打印机、小贩、商店、仓库和丰富的阁楼，以及其他的智慧实施和环境效益，这显然会带来好处的。然后，为我们有最好的产品，我们应该有一个安全的存储库。

另一个让我有些忧郁的想法是剧场的现状，这对诗歌有直接的影响。因为一个好的市场可以改善邻国的耕种，并使农民富裕。我们这个城市似乎也没有足够的了解或考虑一个剧场对我们的城市和国家的巨大好处：单单那座房子是我们所有的爱、智慧、衣着和勇气的源泉。这是智慧的学校，在那里，我们学会了如何知道事情的来龙去脉；然而，我不能说它永远都是在那个地方的安全的知识。在那里，我们的年轻人放弃他们幼稚的错误，第一次看到他们的母亲也会犯错；在那里，他们也摆脱了自然的偏见，尤其是那些宗教和礼仪，这是对一个自由的人很大的限制；同样弥补了坏脾气和羞怯，几场大瘟热引起了血液停滞。它同样是一个共同宣誓的学校，我的年轻主人，起初只是在宣誓时发誓，但他却在那里学会了装腔作势优雅地说话，并要像他读法语时那样圆润低沉地发誓。以前对他来说，在出入剧场时，诅咒、咒骂、撒谎像他每天的外套、背心和马裤一样。现在我要说，共同宣誓是这个国家的产物，多如玉米，是从剧场培育出的，可能和管理一样对国家有很大的好处，就像一个宣誓者的投影机一样。最后，在很大程度上，平台支撑着讲坛，我也不知道我们的牧师可以说什么去反对我们时代的腐败；但对于剧场，那是他们的神学院。这是显而易见的，公众是剧场的一员，因此应该支持它。而我用什么方式说呢？我听说某位绅士有个伟大的设计，要用他们的消遣方式服务大众，还得到了应有的鼓励。也就是说，如果他能得到金钱上的支持或者年薪，就能做大量的贡献。他很值得获得国家的支持，公正地说，他在业余时间有不寻常的技能，并用那种方式进行研究。他走南闯北，为此他拥有渊博的知识。

单单鉴于此，他访问了欧洲的所有法院和城市，比我有更多对痛苦的感受。他在海牙拟了一个确切的剧场草案，在这里作为一个新模式。一个人自己可以做这样的公共事业吗？这是不可怀疑的，在他的关注和努力下，不仅我们的剧场（这是他的直接管辖范围），而且我们普通的游戏场所、马夫搬运工、彩票、保龄球绿地、九柱戏的小巷、熊园、斗鸡场、奖品、木偶和街头表演，以及有关这个城市其他优雅的娱乐做出了巨大的改善。他真的是一个原创天才，我庆幸我们的首都在他的居住地，我希望他永远长寿和健康，这样有利于英联邦。

我想提出一个要求，即诗歌可能是特权的一部分。我也相信，在这个城市成立一个诗人公司应该是适合的。我有足够的空闲时间，在这里做一个精准计算。在这个城市里或城市周围，大约有 172 个诗人，那么多的诗人在数量上足以成立公司。虽然我们已经不是一群高明的诗人，但我们有管理员和仪仗官，有大量的蹩脚诗人、小诗人、业余诗人、模仿诗人、斐洛诗人和许多智商不高造诣不高的诗人！我永远也不放心，直到我的这个项目（让我衷心感激我自己）付诸实践。我渴望看到那一天，当我们的诗人有一个定期的和独特的团体，并等候我们的市长公开日，像其他的好公民一样，身着礼服出现。因为是我提出的这项建议，我应免费加入他们的集会。

总结一下：如果我们的政府里有一个桂冠诗人，像在英格兰，那会怎样呢？如果我们的大学里有诗歌教授，像在英格兰，那会怎样呢？如果我们的市长有个吟游诗人，像在英格兰，那会怎样呢？要改善英格兰，如果这个城市的每个公司、教区和病房，付费给诗人，会像英格兰那样没有诗人吗？

最后，如果每一个合格的人被迫加入了一个比平常他的佣人的数目还多的家庭，而且身边还有一个傻瓜和牧师（这往往统一成一个人），诗人还会待在他的家里吗？一个打油诗人住在仆人的房子里，就像一个带着铃铛的多宾马，一个团队的头，也许是必要的。这些都是我留给尊长们的智慧。

在我一直在指导你写作，我不应该忘记控制我自己，这些文字已经超越了一封信的界限。因此我必须到此结束，并希望你不要客气。相信我，先生。

关于埃丝特·约翰逊之死

这一天，是 1727 年 1 月 28 日。大约晚上八点的时候，一个仆人给我捎来口信说约翰逊去世了。她是我，也是任何人能有幸结识的最真实、最端庄、最重要的朋友。那天下午约六点的时候，她与世长辞了。大约晚上十一点钟，我独居一室，为了宽慰自己，我决心谈谈约翰逊的生平以及她的品质。

她于 1681 年 3 月 13 日在萨里的里士满出生。他父亲是诺丁山郡一个有门第的家庭里的幼子，她母亲则出身相对卑微。因此，她没什么可以吹嘘的身世。她六岁时我就认识她，我负责监督她的教育，指导她应该阅读哪些书籍，并一直教导她幽默和美德的原则。这些原则约束她生平未做出极端的行为，也未有过丧失理智的时刻。她自小体弱多病，但长至十五岁时，身体恢复健康，并且被人尊称为伦敦最美丽、优雅、招人喜欢的女子之一，只是略显丰盈。她乌黑的头发比渡鸦的羽毛还黑，面容的每一部分都完美无瑕。她同一户人家住在乡下，并与一位较年长的女士建立了亲密的友谊。那时候我住在爱尔兰（这让我羞愧）。大约一年后，我去英格兰拜访朋友并见到了她。我注意到在她依赖的人去世后，她常感到不安。在那时，她的财产总共也没有超过一千五百镑，而这些钱的利息在英国这个什么都这么贵的国家不足以维持生活。出于这种考虑，同样也是为了让我自己感到欣慰，因为我在爱尔兰没什么朋友或熟人，我说服她和她亲爱的朋友——另一位女士，提取她们的钱存入到爱尔兰，把她们大部分的财富存为年金，利益多至百分之十。在爱尔兰，除了能多赚些利息，所有生活必需品的价格都是英格兰的半价。

她们听从了我的建议，不久搬到了爱尔兰居住，但是因为我在英格兰多待了些日子，她们在陌生的都柏林生活得很沮丧。那时她大约十九岁，已经享有盛名。但是这次搬到爱尔兰却受到非议，仿佛这背后有一段不为人知的历史，然而不久这些非议便因她出色的行为举止而停止了。

她同朋友于1702年来到爱尔兰，直至今日去世将她与我们分开。过去几年来，疾病一直困扰着她。近两年，她对生活失去了信心。过去十二个月里，她从没享受过一天健康的生活，或者更加准确地说，有六个月的时间她都是命悬一线的。由于两位医生和朋友们的悉心照顾，她顽强地活着，几乎是在同自然做斗争。写到这里，时间仍停留在同一晚。现在还未过十二点。

从来没有女子生来便具备卓越的天赋，或者能通过阅读和交谈来提高她们的天赋。虽然她的记性称不上最好的，人生最后几年记性更差，但我从不记得她对何人、何书、何事有过错误的评价。她总是能给出最好的建议，留给他人最大程度的自由和尊严。她的一举一动、一言一行都如此优雅，超凡脱俗。文明、自由、随和、真诚从未有过这样恰当的结合。对于认识她的人而言，他们以一种高于她身份的尊重对待她，同样，无论哪种人，同她相处时都感到前所未有的自在。爱迪生先生在爱尔兰时经人介绍认识了她，并很快发现她与众不同。要不是爱迪生先生很快离开了爱尔兰，我敢说他会用尽一切努力来获得她的友谊。但她不会对粗鲁又自负的纨绔子弟有丝毫怜悯之情，相反地，她只会对他们表现出鄙夷之情。我们这些因拥有她的友谊而感到幸福的人，都一致认为她总能在下午或晚上的谈话中讲出我们这辈子听过的最好的事物。我们当中有些人记录了她的一些言语，或者法语中所说的"良好的根基"。她是如此地出类拔萃，简直让人难以置信。她从不误解别人，也不曾说过一句苛刻的话，除非有理由应受到严厉谴责的事情。

她的仆人们喜爱甚至拥戴她。她有时会给予仆人自由，但是她的风度令人敬畏，仆人们始终对她抱有敬意。她有时也会责骂仆人，那种严厉的责骂能够在很长一段时间内约束着他们。

1月29日，今日头痛，无法下笔。

1月30日，星期二。

今晚举行葬礼，疾病无法阻止我出席葬礼。现在是晚上九点钟，我进入了另一家公寓，在那里我就看不到教堂的灯光了。那灯光正好照射在我卧室的窗户上。

约翰逊具有女性的柔美，又有某种英雄气概。她和她的朋友新租了一个房子，那里只有一个男孩。那年她大概二十四岁，有人警告她要有危险意识，因此她学会了如何使用手枪。有一次，有几个恶棍来砸门，其他女子和仆人都吓得半死，她却悄悄移动到客厅的窗户旁，戴着一副黑色面罩以免被人发现。她现在胸有成竹，温柔地拉起窗帘，将手抬高，给手枪发力，装上子弹，对准一个恶棍，那个恶棍正站在靶心的位置上。那恶人受了重伤，被其他同伙抬走了，第二天便死掉了，其他同伙则逃之夭夭。奥蒙德公爵常为她的健康干杯，并且一直对她怀有崇高的敬意。过去她乘船时险些丧命，因此对乘船心存恐惧，但她有理由这么担忧。无论是在乘坐四轮大马车或是骑在马背上，她从不失声尖叫，也不面露忧容。意外事故也不会引发她的不安，而大部分女性要么是软弱，要么是做作，都表现得惊慌失措。

她在谈话时从不缺少思想，也不会打断他人，或者急于插话，或者不耐心地等待他人讲完话后马上开始自己发言。她说话时语气温和，用词朴素；也从不犹豫不决，除非她想在陌生人面前表现出自己的谦逊。那种情况下她甚至有些矜持，但是同最亲密的朋友在一起时，她便会不时多说一些。她不擅长讨论女人普遍爱聊的话题。她从不议论丑闻、谴责或者诋毁他人。但同一些朋友相处时，在私人谈话中，她会不拘礼节，讨论自己对纨绔子弟的鄙夷，讨论他们的愚昧无知；但是对女人的无知，她则认为那是情有可原的并且怜悯她们。

当她一旦确信，一个身居高位的人，特别是在教会有任何违反真理或荣誉的行为，她的脸上都会有难以掩饰的愤慨，人们也会因她不悦的神色而不提到他们的名字。特别是后一种人，她也知道该如何尊敬他们，但是她憎恶上述所有人。因为很显然，他们已经牺牲了这两个珍贵的美德去实现自己的野心，并已很快原谅了与他们相同的道德失范行为的俗人。

她一生体弱多病，使她在本来可以有所成就的阅读方面没有什么进展。她精通希腊和罗马的故事，对法国和英国的故事也很熟知。她法语讲得很流利，但由于长期不用和久病的原因，已经忘得差不多了。她仔细阅读能开阔视野的所有的最好的游记。她理解柏拉图和伊壁鸠鲁的哲学，并能很好地判断后者的缺陷。她对所读过的好书进行卓有见识的概括。她懂得政府的性质，并指出霍布斯的所有在政治和宗教上的错误。她对物理有很好的洞察力，也略知解剖学，她孩提时代有位杰出的长期照顾她的医生教过她这两科，并对她个人和她的理解能力深表敬意。在诗歌和散文上她很机智，并有真正的欣赏品味，是一个完美的文体批评家。找到这么一位更合适或公正的评论人不太容易，作者可能更乐意依赖于其建议。如果他想让一件作品面世，那就把它拿给她来评判一下。也许她有时过于严厉，可这是一个安全、可原谅的错误。她保持她的才智、判断力和活泼天性直到最后，但常常抱怨她的记忆。

她的财产据我听旁人说，不可能超过二千英镑，其中一部分是在英格兰的年金，还有一部分是在爱尔兰的。

对于如此与众不同的一个人，也许可以说一些细节，尽管不太重要，但还要进一步阐述一下她的性格。当她是一个小女孩时，有人经常给她一些金币，她让她的母亲和其他的朋友答应将它们都保存起来，这就养成了一个勤俭节约的习惯。在大约三年后，她们竟积攒了大约二百英镑。她常常拿出来炫耀，但是她的母亲担心她受骗，在几个月内强行说服她，不要把兴趣集中在金钱上。当小女孩不再对看金币、数金币感兴趣时（不知她一天要做多少次），她就对积攒宝藏失去了兴趣，她的心情就完全发生了转变。她对新得到的每样东西都粗心大意甚至浪费，一直持续到大约二十二岁。她害怕支付给商人大额钞票会引诱她卷入他们的债务，在一些朋友的建议下，她开始反思她自己的愚蠢，直到她结清了所有店铺账单，并偿还了一大笔花销，她才安心。之后，再加上几年更深刻的理解，她成为最精明的经济学家，并持续一生，但仍有一种强烈的自由倾向，其中，她庆幸自己避免在服饰上超出了仅仅是体面的所有花销（她从不鄙视）。

她反复生病要花销很多。其中她遇到了几个慷慨的医生，以致她不用花一分钱（实际上是她本来也不用付费），可她依然没有存下特别多的钱。所以在她去世的时候，她最亲近的朋友觉得她非常拮据，可她的遗嘱执行人发现了她结实的盒子里有大约价值 150 英镑的金子。她悲叹她有这么多财富却那么小气，没有用来经常招待她的朋友们，没有如她所望地那样热情好客。但当她健康时，他们受到整洁、体面的款待，使她和她的同伴度过比实际收入要多的相当大的开销的生活。他们总是生活在出租的房间里，包括两个女仆和一个男仆。

所有家庭支出她都记账，从她来到爱尔兰到她去世前几个月。当她回看她一年的家庭账目时，她会经常发牢骚，生活必需品每年都要长一倍，而金钱的利息却降了一半，以致她必须得有额外的收入。

一找到时间，我就接着写。

但她对穷人的慈善没有减少，那是她的一种责任，因此也成了对那些养成纨绔习气的商人的一种税收。她尽可能少买衣服，只买那些既普通又便宜的适合她当时处境的衣服，她的衣服多年不带花边。她的判断或财富是非凡的，她是善于选择施与慈善的人。因为从另一方面考虑，行善比财富成倍增长走得更远。我听她说，她总会遇到穷人来感恩，这是因为她善于找到真正需要帮助的人，以及救济他们时那亲切的方式。

她还有另一个令人愉悦的品质，尽管可能被认为是对她的慷慨的一种检验。但是，那是她无法抗拒的一种乐事：我的意思是，送人令人愉快的礼物。那是她生命当中最为敏感的天性。她是这样定义礼物的，就是给需要或者是喜欢这样东西的朋友的一个礼物，而且是不容易用钱买得到的。我同她认识这么长时间，我相信，在不同种类的慷慨上，她已花掉不下几百英镑。至于给她的礼物，她是很不情愿收下的，但是有些礼物是她曾救济过的人送来的。不论在任何情况下，她都是我所知道或者听到过的最无私欲的凡人。

由于她自己的性格，至少是由于她体弱多病，她很少外出访问。

但是她自己的住所，从二十岁以后，就经常有许多庄重的客人来访，他们都因她鉴赏力强，举止得体，谈吐高雅而尊重她。这些人中，有首席主教林赛、劳埃德主教、阿什主教、布朗主教、斯特恩主教、普莱思主教以及后来的一些主教。事实上，她认识最多的人是神职人员。尊敬、真实、大方、善良、谦虚是她主要的美德，也是她的熟人最看重的。她知道人无完人，她也有缺点。尽管这些美德没有学习或智慧的光芒，但她更重视这些。在前者中至少从未涉及任何失败，即使那是在后两点中最伟大的人物。她没有利用任何人的慷慨，但与她憎恨和贪婪的人为伍让她惴惴不安，这时，她会说些非常有趣和幽默的事情。

她从未打断过任何人说话，她也没有嘲笑过他们所犯的错误，而是谦虚地帮助他们。如果是一件好事却被忽略了的话，她就不让它落下，一定大方地说出来让在场的人知道。她听大家说，但是从来不分心或心不在焉。

在她面前，不谦虚地说错一个字，她都能听出来。她充分利用她的智慧，她的轻蔑，她的怨恨，这样残忍行事只会让人惶惑。她总会事先避开像熊或色狼那样罪恶的人，而且这样的人再也不会铤而走险。

一次，她和其他几位女士在一起，碰巧有个那种鲁莽的纨绔子弟陪同，这人能说会道，话中有话。她是这样对那男子说的："先生，我和这些女士们，都非常明白你的意思，尽管我们很在意，但我们太常见到举止不端、无鉴赏力的像你这样性别的人。但是，相信我，无论是善良的还是恶毒的女人，都不喜欢这样的交谈。现在我将离开你，并告诉你：无论我去哪儿拜访，我要先问你是否在此，以确保我能回避你。"我不知道大多数女士是否会同意她这样一种行为，但是我相信，这样一来很快就结束了那扫兴的谈话，单调、无知、无耻、粗俗的最差的影响，以及对女性的谦虚和理解的最高的侮辱。

鲜有几次的访问之后，她几乎不再有同性客人，除非她们因轻松从容而深受她喜爱，因趣味高雅而深受她尊敬，那些不坚持礼节的人，也经常来看她。但她宁愿选择男人为她的同伴，女性话题她所知甚少，也不喜欢。然而，没有男人在极度痛苦之中招待她，因为她很容易突然喜欢那些单纯而又快乐的事情。一谈到新闻、政治、指责、家庭管理、市井话题，她总是转移话题，但这些的确都很少发生，因为她很好地选择了同伴。因此，许多人会恳求与她相识。也许在几次拜访之后，他们发现事与愿违不再去拜访她后，她也从不问及原因。

在争论上她从不积极，她通常以满足其大言不惭性情的一种方式对待那些辩论者。然而，这种方式是可鄙的，同时也伤害了主人。是否出自她的随性，出自她对人的冷漠，出自她无意修补关系，还是出自她对爱迪生先生喜爱的实践而继续下去，我不能确定。但当她看到同伴以错误的态度显得热情时，她更倾向于确认她很反感他们。当她的朋友问其原因，她通常给出这样的理由：防止噪声，节省时间。但我知道她对她尊敬的一些人非常生气，因为有时那令她非常虚弱。

她喜欢爱尔兰胜过出生在那里或者在那里致富的人。她在斯蒂芬斯博士医院花费了 1000 英镑，使自己恢复健康。她憎恨英国对这个王国的专制和不公。她有真正的理由喜欢这个国家，在那里她得到所有认识她的人的尊敬和友谊，所有听说过她的人的好评，真是没有一个例外。她的特点就是不同寻常，她喜欢知识渊博、智慧超群、精力充沛的人，因为这些品质足以令人心生妒忌或者令人谴责。比起她的更好的美德，这也必须归因于她伟大而谦虚、温柔而善良的性格。

　　尽管她来自书本或者同伴的学识通常远比她的性别所应拥有的要渊博，但她从不炫耀。她的女性贵宾，在她们第一次相识的时候，希望通过她们所谓费解的词语和深刻的交谈有所发现，但都令她们失望，因为她们发现她与其他女人别无两样。但明智的男人，通过她的谦逊，不管他们谈论了什么，可以很容易地观察到，她非常理解他们。

丹尼尔·笛福

丹尼尔·笛福（1661—1731），出生于英国伦敦，其父经营屠宰厂。笛福这个名字他使用了四十余年。早年，他不愿成为信奉英国国教的牧师，转而选择了经商。《论开发》是他早期的一部作品，其中提出了多项日后得以实施的工程方案而引人瞩目。他在讽刺诗《真正的英国人》中斥责那些攻击威廉三世为外籍的言论，并凭此获得了威廉三世的支持。然而，他的另一部作品《消灭不同教派的捷径》激怒了托利党人，并因此被罚款，身陷图圄，遭受枷示，但被伦敦市民奉为英雄。在监狱中，他创办了《法国时事评论》杂志（1704—1713），该杂志在某些方面可以说是《闲谈者》和《旁观者》这两本杂志的先驱。此后十四年间他主要从事政治新闻报道。1719年，他发表了第一部小说《鲁滨孙漂流记》，并成为他有史以来最成功的一部现实主义小说。之后，他又写了几部小说，大多描述恶棍和罪犯的生活，包括《摩尔·弗兰德斯》《杰克上校》《罗克萨娜》和《辛格尔顿船长》。值得注意的是，他的作品《瘟疫年纪事》，仿佛让人身临其境，引起了人们特别的关注。

在笛福职业生涯的后期，他彻底成了名誉扫地的政治家，被认为是仅为金钱工作的记者。他的写作能力几乎是无可匹敌的。此外，记载他上百部已发表作品的完整清单将永远不会被列出来。在此提供的他的几部代表作品真实地证明和反映其写作特点，并且这些作品都创作于其尚未沦为政治工具时期。

消灭不同教派的捷径

罗格·莱斯特兰治爵士在他的《寓言集》中为我们讲过一个公鸡与马的故事。一只公鸡被人们关在马厩里，和几匹马生活在一起。看来马房里并没有为它准备鸡架或别的设备，于是公鸡只好在地上栖息。结果，几匹马拥挤着抢地盘。那只公鸡眼看就有性命之虞，因此便郑重地告诉它们说："先生们啊，为了避免你们踏伤我，或者是我踩伤你们，大家都安静点儿，不要乱动吧！"

现在，世间有些人已经丧失权势，没有依附，不再高人一等，他们整天担惊受怕，生怕进一步受到应得的惩治（他们这样想确实有他们的理由）。因此，开始和《伊索寓言》中的公鸡一样，大谈什么"和解与团结"，鼓吹什么"基督徒的温和之道"。可是，他们似乎忘记了在执掌大权时，这些美德是被他们拒之于千里之外的。

到今天，世界上最纯洁与最昌盛的教会之荣耀与安宁被威胁、攻击与侵害，已经接近十四载了（1688—1702），有那么一些人借着一时好运，对它百般侮辱，把它踩在脚下。这是她的羞辱和苦难的日子。她以不可战胜的坚韧精神忍受着恶人的羞辱。上帝终于听到了她的祈祷，并把她从异邦人的压迫中拯救了。

如今，这些人发觉大势已去，他们的权利已经完结，我国已经有了一位英国国教的忠实教徒和朋友即位。他们发现英国国教的正当愤慨将会给自己带来什么危险，于是大声疾呼，"和解!""团结!""宽容!""仁爱!"好像国教对她的敌人纵容的时间还不够长似的，应该继续哺育这一窝险恶的毒蛇，直到它们嘶嘶地反噬养育着它们的母亲。

不，先生们，讲宽容的时间已过去了!你们的恩典已经结束了!如果你们真心期盼自己更好，就应该践行和平、节制和慈善!

在过去的十四年里，我们都没有听到过这种事。我们因你的《容忍法》而受到了虐待和欺侮。你们曾告诉我们，你们与其他人一样，同样是依法建立的教会!你们曾对着我们的教堂门口修建起你们貌似虔诚的犹太教堂!国教和她的信徒们都备受谴责，被迫立下各种誓言与书面誓约，发誓断绝与原来的各种关系，等等!你们为什么不把这些恩惠施给英国国教敏感的良心呢?你的仁慈、忍耐、宽容在哪里呢?要知道，英国国教发起誓来不会像你们制定誓约那样迅捷。对他们合法的国王宣誓效忠，这位君主还在世，他们便不能废除这一誓言，向你们那大杂烩式的荷兰政府表示臣服吗?这些都是他们的教会俸禄，他们和他们的家人都饿死了!他们的产业被加倍征收来进行一场他们没有插手的，而你们从中也一无所得的战争。

你们凭什么用你们诡辩的政治迫服民众违背自己的良心，像法国的新叛依者一样，不想挨饿而违背教规吗?现在的处境完全倒过来了。你们不应该被迫害!这不是基督教的精神!

你们杀害了一个君王，废黜了另一个君王，又立了第三个君王，还恬不知耻地希望得到第四位君王的重用和信任。任何不了解你们这一派的人，都会对这种厚颜无耻和愚蠢的想法感到吃惊。

你将那位荷兰君王变成了一个俱乐部国王，你对他的管控足以让未来的王子们看清你们的游戏规则，并引以为戒避免将来被你们控制。谢天谢地！女王没有被你们掌控，她很了解你们，会在意你们的要求的。

毋庸置疑，一个国家的最高权威本身就是在这个国家的任何地方具有执行法律的权力，也有资格具有这种权力。我们那个激进的党派大声嚷嚷的所谓"迫害"，只不过是政府执行我国原有的法律，而且不再那么温和地执行。他们把这一权力放大到很高的高度，法国的胡格诺派的苦难是无法与他们相比的。那些当初自愿同意制定这些法律的人，后来又违背了这些法律，对他们执行国家原有的法律永远不能被称为"迫害"，而只能叫作"正义"。但是"正义"对任何冒犯的人来说总是"暴力"的！因为在每个人看来自己都是无辜的。

在英国，第一次对"不从国教者"的法律惩治是在詹姆士一世时代。这意味着什么呢？说真的，他们所遭受的最坏的情况是，应他们自己要求，让他们去新英格兰建立一个新的殖民地；给予他们极大的特权、补贴和适当的权力；保护他们，保护他们不受所有入侵者的侵害；不向他们征收税收。

这就是英国国教的残酷！致命的慈悲！那位杰出的国王查理一世就这样被送上了断头台。如果詹姆斯国王把所有的清教徒都派到西印度群岛去，我们就会有一个全国统一的纯正教会，英国国教就会一直保持完整。

为了报答老国王的慈悲，他们拿起武器反对新国王，征服他，追捕他，俘虏他，监禁他。他们破坏了政府的灵魂和实质：拥立了一个卑鄙的骗子，他既没有统治天下的资格，也不懂治理国家，只能用野蛮和血腥、阴险狡诈而肆无忌惮的议会来弥补这种不足。

如果国王詹姆斯一世完全执行了法律，如果对他们进行严厉的惩罚，就可以把他们从国内肃清，其结果很明显：他的儿子决不会被他们谋杀，君主制也不会被推翻。由于他对他们过于宽容，他被断子绝孙，国不宁日。有人肯定会有这样的想法：一个不从国教者应该不会恬不知耻地认为，当他们知道他们曾经向我们发动了一场内战，因我们以前的教养，曾经有过一种无法忍受的、不正义的迫害，我们就会被他们引导，并被允许进入和平与宽容的状态。

不，过去的事实告诉我们，我们不能再对他们宽容了：很明显在他们得势的时候，他们对待国教的态度很严厉，极尽所有的责备和轻蔑。在他们成立共和国的那段得意时期中，他们对笃信英国国教的忠诚的保皇贵族讲过什么和平和仁慈吗？他们是如何绑架保皇贵族并勒索钱财，不管他们是否真的为国王卖过命？逼迫人们拿出自己的资产来免祸，让他们的家人挨饿的呢？他们是如何对待英国国教的神职人员的呢？他们解除牧师的职务，吞噬教会的财产，与他们的士兵瓜分教会的土地，将国教牧师赶出教堂，让他们忍饥挨饿！现在是以其人之道还治其人之身的时候了！

仁慈和博爱是英国国教一贯信奉的教义，很明显，她对于从国教者付诸了实践，甚至超出了他们应该得到的限度，直到她本身感到力不从心，实际上对她自己的教徒不友善：尤其是之前提到的国王詹姆斯一世太过仁慈，如果他把清教徒从他的土地早些肃清（他早就有这样做的机会），他们就没有能力像后来那样欺凌国教了。

在国王查理二世时期，英国国教是如何以德报怨的呢？除了伪法院的法官以外，没有一个人为那场可以避免的战争所流的全部鲜血受到过惩罚。詹姆斯国王皇恩浩荡，宽厚仁慈，扶助他们、信任他们、重用他们，行仁政、轻刑罚，有时候甚至不听议会的劝告，让他们信仰自由，但是他又是怎样以怨报德的呢？他们策划了邪恶的莱府阴谋，企图推翻和谋杀国王和他的继承人。

仁爱和温情好像是詹姆斯二世家族固有的品德，他即位以后，对他们施以不寻常的恩惠感化他们，甚至当他们和蒙茂斯公爵串通谋反他他都没有对他们严加追究。这位君王想要通过仁爱和温情来赢得他们，昭告天下赐予他们的普遍自由！宁愿委屈英国国教也不委屈他们，可全世界都知道他们是怎样回报他的。

前一朝（威廉三世）的情况人们仍记忆犹新，无须赘述。他们是如何打着"和国教齐心协力"平复民愤的幌子，和一些"误入歧途的绅士们"一起，竟然把国王赶下了台：就好像不把那位国王彻底毁灭就不足以平民愤，国家就不得以申冤一样！这就是他们的禀性和他们所说的"仁慈和博爱"的一个实例。

而在他们的国王执政时期，他们的气焰到底有多高呢？他们如何取得信任，进入了一切有利可图的重要部门！他们如何霸占牧师的位置，最重要的是，他们的政绩少得可怜！所有这些证据确凿，不需要任何评论。

尤其值得注意的是，他们向我们所谈的"仁慈""宽容"和"团结"精神，在苏格兰表现得极为明显。如果要看看不从国教者的仁爱精神，那就请仔细看看苏格兰吧！他们征服了整个教会！践踏了神圣的命令，压制了主教的政府，正如他们所认为的那样，取得了不容置疑的胜利。同时，他们认为战败者会很难东山再起，这种情况也是有可能的，但他们可能会发现自己想错了。

现在，我们要问他们的无礼的拥护者、观察者一个再恰当不过的问题：请问，从苏格兰长老会政府中，苏格兰圣公会的成员们能得到多少怜悯和支持？我将为英国国教担保，不从国教者在这里仍会得到同样的怜悯和支持，尽管他们受到排挤，应得的不多。

在一篇关于苏格兰主教神职人员苦难的小短文中，我们可以看到他们所受的遭遇！他们不仅失去了教会的俸禄，而且在好几个地方，他们遭到掠夺和虐待！那些不信奉苏格兰教的大臣都被驱出了教会，他们有妻儿老小，没有任何生活保障，而且几乎得不到糊口的慈善救济。这群人的残酷无情罄竹难书，在这篇短文里就不多谈了。

现在，为了防止那片遥远的乌云笼罩在英格兰的上空，他们动用了真正的长老派政策，试图把英格兰和苏格兰合并，英格兰可能会把英国国教和苏格兰的科克合二为一，让他们的长老派议员坐进我们的下议院，让他们那些虚伪的僧侣参加我们的教士会议。如果我们狂热的辉格党政治家们继续执政，只有上帝知道将会发生什么事情。但我们希望我们现在不再害怕这些了。

某些派系是这样指控的。他们已经开始用它来威胁我们，如果我们不合并，他们就不会再和我们一起解决王位继承问题；当女王陛下去世时，他们自己将重新选择一个国王。

如果他们不同意，我们就逼着他们同意。我们已经不止一次让他们知道我们可以这样做到。到目前为止，王室还没有拥有继承权的权利，但他们可能会再次获得权力。如果苏格兰不想拥护有继承权的君主，英格兰可以不顾他们那个荒谬的命令，因为英格兰并没有承诺，不会帮助推选合适的继承人，拥护他即位。

这就是这些绅士们，这就是他们在国内外对待教会的态度。

现在让我们来看看他们假装给出的理由，为什么我们必需帮助他们呢？为什么我们要继续容忍他们呢？

第一。他们说他们人数众多。他们是国家的主要组成部分，我们不能压制他们。

对此，我们可以这样来加以反驳：

1. 他们的数量并不像法国的新教徒那么多，但法国国王却立即有效地把他们从国内肃清，而且我们没有发现国王很想念他们。

但我不认为他们的人数有他们吹嘘的那么多。他们的党派比他们的人数都多，那些教徒们被他们花言巧语连哄带骗地暂时加入他们党派，使他们的政党更大。然而，一旦政府奋力行动，这些人才会睁开双眼清醒过来，正验证了那句俗语，"树倒猢狲散"。

2. 人数越多，危险越大，所以就更加需要去镇压他们。因为当初没有彻底消灭他们，所以上帝便让我们忍受他们的骚扰。

3. 如果我们允许他们继续骚扰，只是因为我们人少不能压制他们，那么我们是否可以尝试一下？依我看，这很容易做到！如果它是正确的，我也可以给出一些具体的实施方法和手段。但是我坚信政府会找到行之有效的方法，把他们从我们的国土上连根拔掉。

其次，他们使用的另一论点是，现在正是战时，我们需要团结起来对抗共同的敌人。

我们回答，如果他们不挑拨造势，这个共同的敌人就不是敌人！他本来很安静，态度平和，没想打扰我们，更不想侵犯我们；我们也不知道为什么要和他吵架。

但进一步说，我们毫不怀疑，没有他们帮助的情况下，我们也能够对付这个共同的敌人，但是，为什么因为有这个敌人我们就要和他们团结起来呢？如果我们不阻止他们，不与他们联合，他们就倒向敌人了吗？我们非常同意他们的要求！毫无疑问，我们将准备好对付他们和共同的敌人。没有他们比有他们更好！此外，如果我们有一个共同的敌人，为了安全起见，就需要先肃清我们的私敌！

一些人反对压制旧币，这是一个很好的观点：现在是战争时期，对于国家来说，这样做风险巨大。如果我们掌握不好这一局面，就会乱得不可收拾。然而，结果证明危险并不是那么大，局面是可能被控制的，而且也成功制造了新币，成果是满意的。同样，压制不从国教者不是一件更困难的工作！而且对于公众来说也一样是当务之急。如果辉格党、宗派组织、派系分歧像旧币一样一天不被清除，我们这个国家就永远不可能长治久安、国泰民安。

说到困难，就是用分立主义和一个强大政党的概念吓唬我们自己，而这实际上是一个没有权力的政党。从远处看，困难往往大于我们的判断分析，并且不同于困难背后的乌云密布。

我们不会被困难吓倒的！根据我们自己的经验和他们的经验，现代人要比古人更有智慧。国王查理一世如果采取了更慎重的措施的话，早就压制了这个党派。总之，论武力他们丝毫不占优势，他们的蒙茂斯、沙夫兹勃里和阿吉尔都已作古！他们的荷兰圣所已经到了尽头！上天为他们的毁灭让路！如果我们不抓住这个神圣的时刻，我们就得责怪自己的最大过错！也许以后还会记得，我们曾经有一次机会通过铲除自己的死敌，为英国国教做一件大好事，而我们让这机会溜走的那一刻，就可能会后悔莫及了。

此外这里还有一些很受欢迎的反对意见。

首先，女王已经向他们承诺，他们可以继续拥有宗教信仰自由的权利，而且她告诉我们她将信守诺言。

女王陛下将做什么，我们无法干涉！但是，作为教会的领袖，她应该如何做，则另当别论。女王陛下已承诺保护和捍卫英国国教，如果不消灭不从国教者，她就不能有效地做到这一点；如果她不能有效地做到这一点，就会遭到异议者的破坏；当然，她必须得放弃一个承诺以便实现另一个承诺。

但要更有效地回答这个问题，女王陛下从来没有承诺要维持信教自由可以破坏国教。而实际上，这是一种假设，信教自由可能与女王陛下曾宣称她会特别保护的国教的福祉和安全相一致。现在，如果这两个利益冲突，很明显，女王陛下的意图是维护、保护、捍卫和建立国教。而我们认为这二者确实是不可能并存的。

也许可以这样说，教会并没有受到不从国教者的直接威胁，因此，一切可以从长计议。但是这个理由也站不住脚。

第一，如果危险真实存在，那么我们不但不能因为它要过段时间发生而不加反对，相反，我们应该尽快未雨绸缪，以免以后要发生时就迟了。

第二，这是一个机会，也是国教必须保护自己，摧毁她的敌人的唯一可能的机会。

这个国家的代表现在有机会了！所有的好人所盼望的，英国的绅士们可以为英国国教奉献的时刻来到了。现在他们受到了这样一位英国女王的保护和鼓励。

当有人来给你的妹妹提亲的那一天，你会为她做些什么呢？

你是否会建立世界上最好的基督教会？你是否会压抑疯狂的异端精神？你能否将我们国家从长期吮吸母亲鲜血的毒蛇中解救出来？你是否想让你的子孙后代摆脱派系和叛乱的迫害？那么，现在是时候了！这种异端的宗教杂草长期扰乱着教会的安宁，毒害着好的谷物，现在是时候将它们拔除了。

但是，另一个忽冷忽热没有主见的反对者说，这样做就是在恢复异教徒的法令！这样做的本性太残酷了！对世人来说我们太野蛮了！

我回答说，杀死冷血的毒蛇或癞蛤蟆是残忍的，但是从它们有毒的本性来说，消灭它们就是对同类的一种慈善！我们消灭它们，不是因为自己受到了人身伤害，而是为了防患于未然；不是因为他们作恶多端，而是杜绝他们所要犯的罪恶。毒蛇、癞蛤蟆对身体有害，这些家伙也在毒害人的灵魂！腐蚀我们的子孙后代！诱惑我们的孩子！摧毁我们幸福的生命，我们未来的幸福！玷污所有世人！

难道对于这样的野生动物也要讲法律吗？有些野兽是供人行猎取乐的，狩猎者给它们以奔跑的余地；但对于有些野兽，就要被人们各种可能的暴力和意外当头一击。

我不赞成火刑！但是，正如斯奇比奥谈到迦太基时所说的一样，"我们一定要消灭迦太基"。如果我们想过上和平的生活或者维护自己的权利，就得把他们从这个国家连根拔起，铲除干净。至于用何种方式，我把它留给那些有权替上帝执法惩罚国家和教会之敌的人吧。

但是，如果我们被这些莫须有的罪名所蒙蔽，为了避免得到一个残暴的恶名，我们必须从这个公正的角度对他们执行正义的制裁，便永远不会有什么结果！这对于我们自己的儿女和亲爱的后代，将会是更加野蛮的行为，就像他们指责自己的先辈一样，像我们的子女责备我们一样："你们在一个真正的信奉英国国教的女王的支持和保护下，本来有机会把这帮被诅咒的种族从这个世界彻底根除！可是你们因为愚拙的怜悯而宽恕了他们；当然，这是因为你们不想那么残忍。但现在我们的教会被压制和迫害，我们的宗教被践踏，我们的财产被掠夺，我们的人被监禁，被拖到监狱、绞架和断头台上！你们宽恕了这些人，却是在毁灭我们！你对他们的仁慈，实际上是对你可怜的子孙后代的残忍！"

当我们的子孙后代将被这伙无情无义的人残忍地控制着的时候，当我们的教会被分裂、宗派、热情和困惑吞噬的时候，当我们的政府被外国人侵占窃取的时候，我们的君主制就变了，这种反思将会是怎样的呢？

对我们来说，与其让我们饶恕这群坏人，不如我们自己把子孙召集起来，进行一场大屠杀，那会是更合理的。因为我们把他们带进了自由的世界，我们还要把他们送出去，不要因为我们的疏忽出卖他们而惨遭别人的毁灭，然后还哭喊着这就是仁慈。

摩西虽是仁慈温顺之人，但当听说有人拜金牛偶像，他愤怒地冲进军营中，怒不可遏地杀了三千零三个他心爱的以色列人，这是什么原因呢？杀一儆百以防全军覆灭，这就是对其他人的仁慈。

如果我们把现在这些中毒的灵魂从国土上肃清，那么我们将从污染和妄想中拯救多少未来的灵魂？

在这件事上，如果只是简单地、无关痛痒地对他们进行一点儿罚款是无济于事的。这只能说是给他们面子，助长他们的气焰。但是如果说，谁敢参加非国教教徒的宗教聚会、布道听道，一旦发现立即处以绞刑或者罚做划船苦力，就不会有现在这么多的宗教受难者了，殉道精神就会结束了！那些为了谋求行政长官和市长职位而去教堂参加圣礼者，宁愿去四十次教堂也不愿被绞死。

如果制定一项严厉的法律并及时执行，一旦发现任何人参加非国教教派的秘密集会，都应该被驱逐出境，传教士则被处以绞刑，我们很快就会看到故事的结局！他们会再次来到教堂，一个时代的人都会统一信仰国教。

如不参加圣餐礼，每人每月罚款五先令；如不到教堂礼拜，每人每周罚款一先令，这是一种不为人知的方式，这是一种使人们皈依的方式，这是让他们用少量的钱来换取可以背弃宗教的自由。

如果他们无罪，为什么我们不给他们充分的自由呢？如果他们有罪，无论付出多少代价也不能敷衍了事，因为这是在向人们出售对上帝和政府犯罪的自由。

如果这是一种罪大恶极的事，既违背了国家的和平与福利，也违背了上帝的荣耀、教会的利益，以及灵魂的幸福，那么让我们把它列入死罪，让它接受应有的惩罚吧！

为了一些细枝末节的琐事我们就把人绞死，为了一些鸡毛蒜皮的小事就把人流放，但是，对冒犯上帝和教会，对危害世界昌盛和宗教威严的大罪却只处以五先令的罚金，这对一个基督教政府来说是一种耻辱。要是我把这件事告诉后人，我会遗憾终生的。

如果有人悖逆上帝，违背教规教义，反对教会，不听尊长劝告，就让他们罪有应得的被施以死罪的刑罚吧！这样宗教才会蓬勃发展，这个分裂的国家才会再一次团结统一。

然而，野蛮和残酷的恶名很快也会从这部法律中移除。我不认为英国所有的不从国教者都应该被绞死或流放。但是，就像反叛和暴乱一样，如果把几个罪魁祸首严惩以待，乌合之众便会一哄而散。因此，对几个顽固分子杀一儆百，群众便会俯首帖耳了，而残酷的法律刑罚也就可以适可而止。

为了把这个问题弄清楚讲明白，不再产生歧义，让我们来看一下这个国家的国民是如何划分为许多政党和派别的。看看他们分裂国教是否理由充分，或者我们的英国国教会被他们侮辱和残害是否合理。

他们的一个主要牧师，一个和他们中大多数人一样学识渊博的人，在一本名为《间或服从的研究》辩论小册子中的第 27 页上说过这样的话：难道国教所信仰和非国教教徒所礼拜的是两种宗教吗？它们有什么区别呢？对他们来说它们的宗教本质是相同的，某些无关重要的仪式和教规却是不同的。在第 28 页上他又说：宗教共有三十九条要义，三十六条包含教义真谛的，我们完全同意；三个是附加的附录，我们略有异议。

现在，如果按照他们自己的承认，英国国教是真正的教会，两者区别只存在于几种无足轻重的教会仪式和教规上，我们为什么因为这些琐事而期待他们会遭受绞刑、苦役、体罚和放逐呢？毫无疑问，他们会更聪明，即使是他们自己的原则都无法在这方面保护他们。

他们一定会遵守法律，明哲保身的。尽管一开始看起来情况很严重，但后来也没有什么事情发生。这种传染将会被肃清。一旦疾病被治愈，也就不需要手术了！但是，如果他们要敢去冒险，就是自寻死路，所有的人都会谴责他们的固执，因为他们没有自己的原则。

因此，"残酷"的恶名将被取消，而他们实际也被镇压。他们常常给国家带来的混乱局面也将被遏制。

他们依仗人多势众而飞扬跋扈，这远不是说服我们去容忍他们的理由，而是警告我们，不要再拖延，要让他们服从统一的教会，或者把他们彻底肃清。

感谢上帝，现在他们不像过去那样强大（如果说他们强大，那也是我们自己的过错）。上帝和英国国教似乎联合起来了，现在国家和平的毁灭者可能被推翻了！为此，我们似乎已经把握住了这样的时机。

为了达到这一目的，女王陛下似乎是专为王位而生，通过她的手可以恢复教会和国家的公民权利。

因此在几个月的时间里，局面发生了前所未有的转变。政府官员、普通民众和全体神职人员在这一问题上达成一致：我们的教会即将被拯救。

为此，上帝赋予了我们这样一位前所未有的女王！赋予我们这样的议会、宗教会议和贵族！

如果我们错过了这样的机会会带来什么后果呢？王位的继承将会前途渺茫。如果再来一个荷兰国王，可能会让这种机会变得荒唐可笑，而一切将会无法实现了。即使未来的王室成员们愿意站在我们的立场，他们也将会是外国人。而我们要花费许多年才能物色一个有利于国家发展的英明的外国人来继承王位。谁能知道，多少年才会在英国历史上出现一位像当今女王那样对待英国国教充满如此多的热情和坦率，如此多的温柔和衷心的爱的君主呢？

因此，对于英国国教的教友们来说，现在是考虑确立和维护国教的时候了，使她不再受到外国人的入侵，也不会被派系、分立主义和荒谬的教义所分裂。

如果能通过温和而简单的方法来达到目的，我应该很高兴！

但是伤口已经被腐蚀了，生命的活力开始消退了，只有把烂掉的肢体进行截肢才能完全治愈顽疾。所有的温柔和同情的方式，所有的苦心劝说都是徒劳的。

不从国教者的影响非常深入人心，因此他们对国教持蔑视态度，对我们的教堂深恶痛绝。而且连带他们的子孙也对我们的神圣宗教深恶痛绝，以致那些无知的暴徒认为我们都是偶像崇拜者、膜拜邪神的人，认为走进我们的教堂就是一种罪恶。

最早的基督教徒嫌弃异教徒的神庙和献给偶像的祭肉，而有些不从国教者对于国教教堂和教堂内的庄严礼拜仪式的厌恶有过之而无不及。

这种错误的固执和公然自认为异教徒的情况一定要连根拔起，彻底肃清。这代人每天都要肆意地公开侮辱上帝，侮辱对他的神圣崇拜，如果这种现象不肃清，就等于我们对自己的上帝和我们所忠心于的英国国教的不负责任。

如果我们放任他们与狂热主义纠缠在一起，在国家内部继续犯错误，固执己见，让他们光天化日之下与我们对抗，那么，不定什么时候他们就在此犯下同样的罪行，我国宗教就有完全毁灭的危险。如果这一切真的发生，我们何以向上帝交代，何以向教会和我们的子孙后代交代呢？

我们曾受过罗马教会势力的统治，经过改革，我们已经摆脱了这种统治。现在这种情况与罗马教会的力量有什么不同呢？如果说一个过于极端，那么另一个就走向了另一极端。只要这种误导人的宗教存在于我们之中，无论其性质如何，对真理的破坏是一样的。他们都是我们教会的敌人，也是我们社会和平的敌人！既然这两者都是我们的教会和社会和平的敌人，为什么我们不把一个狂热派和耶稣会的信徒同样看成是不可饶恕的呢？为什么效忠七大全典的教皇派要比不效忠任何圣典的教友派更差呢？为什么修道院就比非国教教徒礼拜堂更令人难以忍受呢？

——唉，英国国教啊，一边是天主教，一边是分立主义的宗派，看你一直是怎样被钉在两个强盗中间的吧！现在，让我们把这些强盗钉在十字架上吧！

让她的根基在毁灭她敌人的基础上建立起来！怜悯之门总是对误入歧途的人及时迷途知返而敞开着，让那些执迷不悟的人接受铁棍的严厉惩罚吧！

我们至高无上的国家现在正遭受压迫，所有人的苦难被激怒，让我们一起鼓起勇气来消灭欺压她的败类吧！

愿上帝将真理交给真理之友，同仇敌忾，高举反骄傲的大旗，将错误之子的子孙后代永远地从这片国土上斩尽杀绝！

妇女的教育

考虑到我们是一个文明又信仰基督教的国家，我常认为否认女性接受教育的优势是世界上最野蛮的风俗之一，我们每天都谴责女性愚昧无知。然而我有信心，如果她们拥有同男子一样受教育的优势，她们的罪过会少于男子的罪过。

事实上，人们可能会想，因为女性固有的认知只要求她们对自然的部分心存感激，如果可以改变她们，将会发生什么事情呢？她们的青春花费在学习女工编织或者制作各种装饰物上。的确，她们也学习写字阅读，可仅限于写自己的名字，这就是女性教育的高度了。我也会问，那些因为女性理解能力低而轻视女性的人，一位也没有受过很多教育的男子（我的意思是一个绅士），又有什么优势可言呢？我不需要给出实例，也不需要考察一位绅士的品格、他拥有怎样的财富、多么美满的家庭以及其他可容忍的事物，也不用考察因为教育将他塑造成了怎样的人物。

灵魂就像一颗粗糙的钻石一样被放在身体里，必须经过擦亮抛光，否则它的光泽永远不会出现。显而易见，因为理性的灵魂将我们与野兽区别开来，教育也能进行这种区别，能让一些人比其他人更加文明。这一点太明显了，无须任何证明。但是，为什么女性被剥夺了受教育的权利呢？如果知识和理解对女性只是无用的附属品，那么上帝就不会赋予她们任何能力，因为上帝从不创造无用之物。

除此之外，我还会问这样的问题：女性在无知中所看到的，难道对她们来说就是必要的装饰品吗？或者，难道一个聪明女性会比一个愚昧之人更糟糕？女性究竟做了什么让她们丧失了受教育的权利？难道她们的傲慢和无礼就困扰了我们？为什么我们不让她学习从而让她可能会有更多的智慧？是这种不人性的风俗错误束缚她们成为更明智的人，难道我们就应该责骂女性愚昧无知吗？

女性的能力应该更强大，她们的感觉应该比男性的感觉更灵敏。从一些女性智慧的例子中可以清楚地看到，她们有能力被培养教育出来，她们这个时代并不是没有的。表面看起来好像我们否认了女性教育的优势，因此谴责我们不公正，因为害怕她们在进步中会与男性竞争。

女性应该接受各种各样的培养，既适合她们的天赋，也适合她们的品性，尤其是音乐和舞蹈。禁止她们学习音乐和舞蹈是一种残忍的行为，因为这两件事情是她们的宠儿。但除此之外，她们还应该学习各种语言，尤其是法语和意大利语。我敢铤而走险教女性更多的语言，而不止一种语言。作为一项专门的学问，她们应该学会说话的所有礼仪，以及营造所有必要的谈话气氛。而这些正是我们普通教育的缺陷，我也无须揭短。女性还应该阅读各类书籍，尤其是历史方面的书籍。阅读可以让她们了解世界，并且能够了解和判断她们的所见所闻。

对于那些天赋能引领自身达到此目的的人来说，我不愿否认任何形式的学习。但总的来说，最主要的是培养女性的理解能力，她们可能有能力进行各种各样的谈话；她们的判断力和其他方面的能力也能得以提高。在交谈中，她们既可以收获快乐又可以从中受益。

在我看来，女性自身几乎没有什么差异，但是有差异的是她们是否受过教育。确实，性情在某种程度上影响着她们，但主要的差异是她们的教养。

总的来说，女性的思维迅速而尖锐。我相信，我可以这样说，而且通常是这样的：因为很少见到女性年少时像男孩那样身体笨拙沉重。如果一个女人有良好的教养，并且学习如何适当地运用与生俱来的智慧，她通常会非常理智，而且记忆超群。

毫无偏见地说，一个知书达理的女性是一个最美好、最精致的作品，是一种荣耀，是一个杰作。拒绝赋予女性接受教育的优势，带给她们心智自然之美的优势，是世界上最愚蠢、最忘恩负义的事情。

一个有教养、有良好教育、有知识懂礼貌的女性就是一个无与伦比的杰作。她的社会阶层是一种升华欢乐的象征，她本人天使般纯洁善良，与她交谈轻松愉快。她温柔、甜美、娴静、友爱、聪颖、愉悦。她是最适合最崇高的愿望，而对于拥有这样一位女性的男性来说，他会满心欢喜，心存感激，别无所求。

另一方面，假设同样是这样一位女性，被剥夺了受教育的优势，那么则会出现以下情况——

如果她脾气好，会因缺乏教养而变得温柔又随和。

她的才智，会因缺乏学习而变得无礼又健谈。

她的知识，会因缺乏判断和经验而充满幻想并异想天开。

如果她脾气差，会因缺少教养而变得傲慢无礼，吵吵嚷嚷。

如果她有激情，会因缺少礼仪而变成泼妇，破口大骂，简直像个疯子。

如果她骄傲自满，会因缺少谨慎（这同样也是教养）而变得轻狂自负、异想天开并荒唐可笑。

最终她会从此堕落成一个狂躁不安、喧嚷不休、嘈杂聒噪、龌龊不堪的人，甚至沦为魔鬼！

世人看男性和女性之间最大的区别在于他们的受教育程度。这是通过把一个男性或一个女性与其同性别的人之间的对比中表现出来的。

鉴于上述原因，我做出这样一个大胆的断言：全世界的人都误解了对女性的看法。因为我难以相信世界上有如此精致、荣耀、富有魅力又令人愉快的女性；她们有着与男性同样成就的灵魂，而这一切仅仅是让她们成为我们房子、厨师和奴隶的管家。

这并不是说我要赞扬女性政府。但是，简而言之，我要让男性把女性作为伴侣，并教育她们成为理想的伴侣。一个有理智和教养的女性会轻蔑地侵犯男性的特权，就像一个有理智的男性人会蔑视女性的弱点一样。

但是，如果女性的灵魂通过教学得以改进和完善，弱点这个词将不复存在。也就是说，女性的弱点将成为无稽之谈。因为就像无知和愚蠢不会存在于男性身上一样，它们也不会存在于女性身上。

我记得有一段话，是我从一个非常漂亮的女性那里听到的。她足智多谋，能力非凡，体态优雅，容貌出众，还有一大笔财富，但她一生都与世隔绝。因为害怕财富被人抢夺，所以没有自由时间去学习女性必修知识。当她同人交谈后，天资聪慧的她意识到自己缺乏这样的教育。她这样简单地反思自己："跟女仆交谈我总感到羞愧，因为我不知道她们做得对还是错。与其结婚，我更想去上学。"

我无须扩大缺乏教育的缺陷，教育的缺陷就是性别；也无须主张让女性接受教育的好处。这是一件比补救更容易得到的事情。

西德尼·史密斯

西德尼·史密斯（1771—1845），英国牧师，被称为那个时代最诙谐机智之人。他在温切斯特和牛津接受教育，1798 年去爱丁堡给一位英国绅士的儿子当家庭教师。在那期间，他提议成立《爱丁堡评论》，并与杰弗里、布鲁厄姆、弗兰西斯·霍纳实现了该想法。他主管前三期，并继续写作了二十五年。离开爱丁堡后，他曾在伦敦演讲，在约克郡和萨默塞特郡生活，后来成为圣保罗的布里斯托尔和坎农的受俸牧师。

他对本瑟姆的《谬误之书》的评论既体现了爱丁堡评论家们的批评方法，也体现了史密斯有力、尖锐、诙谐的风格及他的政治观点。史密斯是一个忠实的辉格党人，在诸如天主教解放这类问题上，他以牺牲个人前途为代价，为自由主义的观点而战。作为一名牧师，他仁慈、博爱，是位很好的传教士，同时又憎恨神秘主义。他的时代没有哪部政治作品比他的作品在宽容和改革方面更有说服力。他很机智，判断力强，思维缜密，处处考虑别人的感情。他不乏真诚、正直，他的性格既迷人又有趣。

反改革派的谬误

这里有大量的荒谬和恶作剧的谬误，这些谬误在世界上轻而易举地因理性和美德而产生，而事实上它们往往只强化错误和鼓励犯罪。本瑟姆先生在我们之前在他的书中列举了最引人注目的部分。[①]

博学的经济学家怀疑：是否有必要在耕种者和拥有者之间有个中间人，但是神、人和书商都不怀疑本瑟姆先生与公众之间有一个中间人的必要性。本瑟姆先生的文章冗长，本瑟姆先生的句子偶尔复杂难懂、晦涩，本瑟姆先生发明了新的和令人震惊的词汇，本瑟姆先生喜欢将事物细分——他喜欢方法本身胜于喜欢其结果。因此，只有那些知道他的创意、他的知识、他的活力、他的勇气的人，才愿意翻看他的作品。可读者大众不会以昂贵的代价购买它们，在这位杰出的哲学家被清洗、修剪、剃须，并被迫穿干净的亚麻布之后，他宁愿选择通过评论的媒介物熟悉本瑟姆先生。事实上，一篇书评的大用处，就是让人在十页里拥有智慧，而对一百页纸没有胃口。就是浓缩营养，与果肉和精华一起工作，并保护胃免受闲置的负担和无意义的大量内容。在半页纸上，有时是一整页，本瑟姆先生写出了几乎没有人能理解的平等的权利；通过选择和省略一些章节，形成了一种令人钦佩的风格。利用这一特点，我们将努力把本瑟姆先生的大部分学说用他自己的话来解释，我们喜欢这种表达方式。

我们的智慧祖先是我们祖先的智慧，是古老时代古老智慧的智

---

① 谬误回顾"《谬误书：从杰瑞米·本瑟姆未完成的论文》，一个朋友著，伦敦，1824 年"。

慧。这个恶作剧的荒唐的谬误源于对文字意义最严重的曲解。经验当然是智慧之母，而老人当然比年轻人更有经验，但问题是谁是老人，谁是年轻人？生活在同一时期的个体中，最年长的人当然拥有最丰富的经验，但是在一代代人中，情况恰恰相反。那些先来的（我们的祖先）是年轻人，没有经验。我们已经在他们的经历中加入了许多世纪的经验。因此，随着经历的丰富，他们比以前更有智慧，更有能力形成一种观点。真正的感觉应该是，难道我们不能如此放肆地用自己的观点反对我们祖先的那些观点吗？但是，有必要指望像我们的祖先那样年轻、无知、没有经验的人，如同见多识广的人或活得更久、享受那么多世纪的经验的人那样极其了解一个主题吗？那么所有这些有关我们祖先言不由衷的话只是对文字的滥用，将真正的当代人的短语让与后世。然而（就像我们以前观察到的）在几代人中，年龄最大的人有最少的经验，其他的事情都是平等的。我们的祖先一开始是襁褓中的婴孩，在爱德华一世时期是胖乎乎的小子，伊丽莎白女王时期是小伙子，安妮女王统治时期是大人，我们这个时期是白胡子、银发苍苍的老人。他们珍藏起人类提供的所有经验，并准备从中受益。我们不与我们的祖先争夺人才的荣誉，他们可能会或可能不会比我们优秀，但是在经验的荣誉上他们根本不可能比我们优秀。然而，每当大法官提出保护这些滥用，或者反对为此目标增加人类幸福指数的计划，他的第一个诉求总是与我们祖先的智慧有关，而他自己和许多投票支持他的贵族大人们，这个时候使人相信，他们计划的所有改变和修改都是青年冒失和成熟经验之间的厚颜无耻的争论！所以，事实上他们只是那个深受喜爱的地方法官，把年轻人当成是老年人，老年人当成年轻人，犯了反对经验的罪，他把这种罪归因于对创新的热爱。

当然我们不应该坚持认为，我们的祖先缺少智慧或他们的机构必然是错误的，因为他们的信息手段比我们更有限。但我们自信地认为，当我们发现改变我们祖先所制定的任何事情时，我们都是有经验的人，而不是他们。在任何一个伟大的国家，人才的数量总是在变化的。说我们和我们的祖先能力差不多是一种需要解释的断言。所有有能力的人，都曾在英格兰生活过，如果加起来，他们可能比英格兰现在夸耀的所有有能力的人拥有更多的智慧。如果必须恢复权位而不是理智，问题是：与建议改变它那个时代的智慧相比，一个制定法律时代的智慧是什么？一个时期和其他时期杰出的人物是什么？如果你说我们的祖先比我们聪明，就提提你的日期和年份吧。如果名字的光辉是平等的，那么情况都是相同的吗？如果情况是相同的，我们就有了经验的优势，其中这两个时期之间的差异是可以衡量的。有必要坚持这一点，因为成袋的羊毛上、法医的长椅上坐着重要的人，下议院里的寄生虫们大叫："祖先，祖先！[①] 撒克逊人，丹麦人，拯救我们！法德尔弗里格，救救我们！豪威尔，埃塞伍尔夫，保护我们！"任何借口都隐藏着胡言——覆盖了垃圾的面纱——掩盖了良心和责任的创新！

"如果他们很迷糊——一个明智的祖先，其他是现代时期无知愚蠢的民众——谬误的弱点可能会逃过检测，但让他们把优越的智慧编制到任何确定时期，这一概念的无根性不但是显而易见的（与那个时期和这个时期的阶层相比的阶层），而且除非前期相对而言非常现代，否则差距会更大，这样更有利于现代，与现代最低阶级的人比较（总是假定他们精通读书的艺术，而他们的能力运用在报纸的阅读上），这些聪明的祖先中最高和最好的阶层将会变得完全无知。例如，1509—1546 年亨利八世在位期间，那时，上议院可能已经拥

---

① 不是今天！

有了迄今为止较大比例的年老者所提供的很少的教诲。在上议院里，在俗人中，甚至可能会有一个质疑：毫无例外地，是否他们所有的权威都能尽可能读到。但是即使他们完全拥有这一有用的艺术，政治科学被质疑是否为科学，对于这一问题，他们在那时会有什么教诲？

"任何一本现存的书都是一个立法分支，考虑到当时的时代环境，没有任何有用的教诲可以从中获益。从现有的学科中，《分配法》《刑法》《国际法》《政治经济学》，几乎所有学科，之前都是空白的：整个时代的文献都是由一两篇编年史组成的，其中包含了战争、围攻、处决、狂欢、死亡、出生、游行、仪式和其他外部事件的简短的记录。但是，由于缺乏一场演讲或一件大事，它可能会成为人类思维史上的任何一种作品的组成部分，很少有人试图去探究原因或当时的状态。

"如果我们回到詹姆斯一世统治时期，我们就会发现那个时期的所罗门非常雄辩博学，不论是在加冕的还是没加冕的人中，表明对魔鬼和女巫的做法的禁止和惩罚，丝毫没有反对他们崇高的地位下那个时代的伟大人物，因为他是上帝创造的，不太了解厄运，便把人委托给死亡和折磨。

"在驱魔的名义下，天主教的礼拜仪式包括一种驱魔的程序。即使在该工具的帮助下，该程序无法按预期那样来成功完成，而是由一个合格的操作者用神圣的命令来完成并产生许多其他的奇迹。在我们这一时代，在我们的国家，通过报纸作为便宜的工具，同样的目的就可以达到，并且更加有效。在这种护身符出现之前，不仅魔鬼，连吸血鬼、女巫和他们的亲属部落，都被赶出这片土地，再也没有回来！触摸圣水与直接闻印刷油墨一样让人难以忍受。"①

不可撤销的法律的谬误——本瑟姆先生说（不管有什么影响），人们提议依照法律召开立法会议，理由简单，像之前一样行使同样的权力，制定规章制度，规定继承者。

现在很明显的是，在每一段时期，每一个立法机构必须被赋予所有时代紧迫性要求的权力，任何试图侵犯这种权力都是不可接受的和荒谬的。在任何一个时期，这种至高无上的权力只能形成对未来的任何时期必要措施的盲目猜想，但因这永恒不变的法律原则，政府从那些一定是他们想要什么的最好法官转变为对此事知之甚少或一无所知的人。十三世纪决定着十四世纪。十四世纪为十五世纪制定法律。十五世纪封存了欺压十七世纪的十六世纪，而十七世纪又在不可预知的情况下告诉十八世纪如何去做，如何在紧急情况下行使权利，这是人类智慧无法预见的。

"那些拥有一个世纪经验的人，他们的判断会更有经验，把他们的才智交给那些经验较少的人，而除非这种缺陷构成了一种主张，否则他们就不会有自己的偏好。在知识的资格方面，如果前一代人比后代优越得多——如果其前人比后代能更好地理解后来人的兴趣本身，他对后代的爱与同一代人对自己的爱会是同样伟大吗？

"即使不是现在，片刻的深思熟虑后，这一断言也将会得到肯定。然而，是他们对他们后代福利的巨大的焦虑，导致这些先哲们永远有束缚后人手脚的同样的倾向——永久的监护和无法治愈的弱点，让自己主动采取行动。

"如果十九世纪的行为不是由它自己的判断决定的，而是由十八世纪的行为决定的，这点是正确的，那么，二十世纪的行为不是由

---

① 选自《本瑟姆》，74—77 页。

它自己的判断决定的，而是由十九世纪的行为决定的，这点也同样正确。如果同样的原则还在继续，最后将会有什么样的结果？随着时间的推移，立法的实践将会结束。所有人的行为和命运将由那些既不知道也不关心这件事的人决定，而活着的人将永远服从于一种无情的暴政，就像对死人的尸体所做的那样。"①

本瑟姆先生说得好，尼禄或卡利古拉的专制主义会比一项"不可撤销的法律"更能够容忍。通过畏惧或偏袒，或者在一个清醒的时间间隔，暴君也可以动怜悯之心。但是，制定苏格兰议会联盟而被他们休息中的灰尘唤醒的议会会发生什么——批发商和爱国者、演讲者、看门人、沉默的选民和有丰富典故的男人、罐头加工者和耕种者、巴林银行家和乞丐们——用铁锹把他们的遗物到处乱抛的人，使用立法者的遗物让西兰花增大和让春笋勃发的人，制定着不可撤销的法律。

如果法律是好的，它就会支持自己；如果是坏的，它不应该被"不可撤销的理论"支持，否则只能成为滥用职权的面纱，永远不会被修复。在每一特定时期，所有活着的人必须对他们自己的幸福拥有最高权力。假设有一件整个国家都不能做的事情，他们相信这是对他们的幸福至关重要的事情，假设他们不能做这件事情，因为很久以前就死去的另一代人说决不能做这件事情，那纯粹是无稽之谈。如果你是船长，做你想做的事，但当你离开这艘船的那一刻，我变得像你一样无所不能。你可以给我尽可能多的建议，但是你不能给我下命令；事实上，这是唯一的可以应用到所谓的"不可撤销法律"上的意义。对于立法机构制定这样那样的法律好像暂时是极其重要的。实施了它，要么获得很大利益，要么避免大恶。改变一个被认

---

① 选自《本瑟姆》，84—86 页。

为是极其重要的立法机构之前要暂停一下。这是谨慎和常识，其余的是愚人的夸张，或一种流氓手段。那无尽的废话一直谈到我们的《航行法》。在它们被废除前，我们已经牺牲了多少财富！对于傻瓜们，好像废除它们是不可能的！他们被认为是一个不可撤销的阶级——对于只有死者无所不能的和生者没有权力的一种法律。它是真实的，不能由国会法案推迟，也不可以被两院议员推进。然而，假设任何一项联合条款的任何修改都与这些气象变化一样，不受议会的管辖，那就大错特错了。每一年的每一天，生者有权制定自己的法律和管理自己的事务；为了打破那些在他们面前呼吸的人的暴政，他们要做自己想做的事。这种最高权力实际上不能由全体人民行使，因此它必须由人民选出的代表或者议会行使；而这样的议会，不能有对"不可撤销的法律"的迷信的敬畏。

如果一项法律被认为是不可变的，但却变化了，这会认为是愚蠢、荒唐的事，令人不可忍受，而这项法律又不能被废除，只能被秘密地回避，因此所有法律的权威都被弱化。

如果一个国家的祖先被愚蠢和无先见之明的条约所束缚，那么要对他们的终结加以充分注意。一旦政府做出了轻率的举动，或者与个人鲁莽地讨价还价，应给予适当补偿。当然，最困难的情况是国家的联盟中，允许少数弱小的国家加入到更强大国家的更大的参议院，如果问题投票表决，弱小的国家就会被制服。但是更小的国家必须冒这个险，任何违反条款的情况都会发生，直到他们完全被极端的必要所要求。但让危险随它去吧，没有危险是如此巨大，没有假设是如此愚蠢，以致认为人类法律是不可撤销的。人类事务的变化态度常常会使这种情况对各方都是无法忍受的邪恶。我们的同胞对于联盟的荒谬嫉妒使我们的主人获得了世袭管辖权；三十九年后，它们被废除了，这是在联邦法案的非常大的作用下，也是为了明显地促进公众利益而为。

宣誓法律的连续性——在他的加冕仪式上，英国主权宣誓维护上帝的法律、真正的信仰和依法成立的新教，为他们的主教和神职人员去保护这一领域与法律相关的权利和特权，并保护不受侵犯原则、纪律、崇拜和教会的政府。有迹象表明，在这一誓言中，国王不允许将这些赎罪权授予爱尔兰天主教徒，而爱尔兰天主教徒则被纳入了他们的解放法案中。这些条款的真正含义当然是由制定它们的同一立法机构决定的。但另一种不同的概念似乎悬而未决。国王作为个体（我们想象的例子）认为，他没有维护英国教会的教义、纪律和教会的权利，如果他授权那些不是教会成员的人行使权力，他这样做就是违背了他的誓言。根据这一推理，这个誓言是教会的伟大的守护神。只要它不受侵犯，教会就是安全的，那么就像他的誓言一样，他如何用他的誓言保护教会的特权，奉献自己来推翻那么强大的堡垒？誓言是不可改变的。在所有的社会环境下，誓言必须保持不变。曾经发誓的国王势必继续下去，并拒绝对任何未来的法案进行制裁。他必须考虑如何防止他人给教会的敌人提供危险的豁免权。

1825年安妮女王时代的统治者们行使了一种荒谬的暴政——某种盆栽艺术，以一种形状、态度和风味来保存一个王国——这种方式看起来像老女人的蜜饯和葡萄酒——1822年的杏酱，1819年的加仑酒——1427年的大法官法院——1676年反天主教刑事法律。不同之处是，盆栽夫人到处去考察采光、通风以防止腐烂。

他不应该用君主的权力去束缚自己的手，也不能束缚他继承人的手。如果君主对其他立法机构的两个分支持反对意见，并且自己决定什么是他认为的新教教会的利益，而不是在法院轻浮的职业上花费一生的时间，国王可能通过歪曲的理解，认为教会最有益的措施是最有害的，并在他自己的错误上固执地坚持会阻挠他的议会的智慧，延续最不可思议的愚蠢！如果亨利八世在这种方式上争辩，我们本不应该改革。如果乔治三世一直认为在这种方式中，天主教的法典从来没有放松，那么一个国王，无论在严肃主题的形成上多么无能为力，只能发"良心"这个音，整个国家的权力就都在他脚下了。

哪里还有比一个人行事违背他的良心更大的荒谬呢？我想我享有这片土地的所有权，但最好的律师告诉我我没有；我想我儿子能够经受住军事生活的疲劳，但是最好的医生说他太弱。我的议会说，这项措施对教会没有害处，但是我认为对教会是非常有害的。因为我对这些调查运用了太多的知识力量，难道我的行为违背了我的良知？

"根据其构思的形式，任何这样的参与实际上要么是一个检查，要么是一个许可：一个在检查外观的许可，就是出于这个原因，但更有效的操作。

"它是束缚掌权人的枷锁吗？是的，但对公众来说，这是一种强加的力量。他以满足自己为目的，但却不受约束。

"假设一位大不列颠及爱尔兰国王已经表达了他坚定的决心，倘若对他提出的任何提案表示拒绝，这不是在劝说，法律不会'支持主体的效用'，而是通过他的加冕宣誓他阻止那样做，这种情况适合议会采纳的过程，这一由原则和先例指出的过程应该是放弃的表决——一种宣布国王放弃了他的王权的表决，正像在死亡或无法治愈的精神错乱的情况下，现在是时候让下一个人继承王位代替他了。在某些著名的案件中，这种结果是通过投票决定的，律师宣布退位——在律师的语言中，放弃宣言是一种谎言，一种嘲弄。但在这个案例中，皇家权威是其主要部分，其意志和目的实际上是宣布退位。这样的一个组成部分，'支持主体的效用'的执行。对他们来说，这是为了他们的缘故，其余的必须补充。"①

自我吹嘘者的谬误——本瑟姆先生对自我吹嘘者的谬误做了如下解释：

> "有些在履行自己职能的执政者，妄称自己非常正直廉洁，这就排除了所有的诋毁和查询。他们的观点都被视为等价的证明，他们的优点是他们的职责忠实履行的担保，而最含蓄的信心则是把他们寄托在所有的场合。如果你暴露任何滥用的行径，建议进行任何改革，要求安全调查或采取措施促进宣传，他们会惊呼大叫，近乎是义愤填膺，就好像他们的正直遭到质疑或他们的荣誉受到了伤害一样。用所有这一切，他们巧妙地把暗示组合起来，最崇高的爱国主义精神荣誉，也许是宗教，作为他们一切行动的唯一来源。"②

当然，每个人都会通过这些手段来尝试自己所能达到的效果，但（正像本瑟姆先生所说）如果在政治上有任何一个格言比另一种更确定，统治者身上不曾有的美德对于被统治者来说摒弃良好的法律和很好的机构实乃权宜之计。德·斯太尔夫人（对她的耻辱）对俄罗斯皇帝说："陛下，您的性格是您国家的宪法，您的良心是它的保障。"他的回答是："如果是这样，我应该是一个快乐的意外。"我认为这是由君主所做的一个最真实的和最精彩的回答。

赞美的个性——"赞美个性的目的是由于所谓的反对它的人的

---

① 选自《本瑟姆》，110、111 页。
② 选自《本瑟姆》，120 页。

好性格，拒绝一项措施而提出的观点是：'由于那些有权人的美德，他们的反对是拒绝该措施的充分权力，这一措施被认为是不必要的。这一提议意味着对国王陛下政府成员的不信任，但是他们的正直是如此的伟大，他们的无私如此全面，所以他们更喜欢公共利益而不是他们自己，这样的措施是完全没有必要的。他们的反对足以使反对派获得胜利，这里被谈论着的个人的高素质是对任何警报的充分保证。'"①

颂词随着被赞美的人的尊严而不断增加。所有的人都是可敬而令人愉快的。打开办公室门的人是一个被认可的忠实的人，初级职员是勤勉的典范。所有职员都是模范，七年的模范，八年的模范，九年的模范，一直荣升。大臣们有着完美的正直和智慧。至于国家最高法官，描述他的各种优点的程度不能等同于阿谀奉承！也有人称其为愚蠢傲慢。但我们会发现，如果讨论中的恰当措施是由直接的论点所确立的，那么这些必须至少是对那些反对它的人的性格决定的，因为他们的性格足以反对这个措施。

这种争论的结果是，给优秀的人或者优秀品质的人以否定的观点的权力。

"在每一种公众信任中，对于预防的目的，立法者应假设受托人有意用一种可以想象的方式破坏信任，在这种情况下，他有可能从违反个人利益的行为中获益。这是公共机构应该形成的原则，当它不分青红皂白适用于所有的人时，对大家都是公正的。实际的推论是，反对这种可能（总是可能发生的）违背信任的每一种情况，因为这种信任的有效和适当的释放是必要的。事实上，这些论点源自于当权者所谓的美德，反对所有法律的第一原则。

---

① 选自《本瑟姆》，123、124 页。

　　"这种对个人美德的指控从未被具体的证据支持，也从来没有被具体的反证所影响，如果有的话，也不能在国会的两院中被承认。"①

　　假冒的危险谬误——不良设计的诋毁，不良性格的诋毁，不良动机的诋毁，不一致的诋毁，可疑联系的诋毁，这一类谬误的目的是把人们的注意力从措施上转移到这个人身上，对于措施的作者来说，某个真实或者假设的缺陷应归咎于措施本身。这样，"措施的作者考虑一个糟糕的设计。因此，措施是糟糕的，他的动机是糟糕的，我对措施投反对票。以前，提出措施的是它的敌人，因此措施是糟糕的！"

　　现在，如果这一措施真的是不合适的，为什么不立刻表明它是这样的呢？如果措施是好的，因为作者是坏人，措施就是坏的吗？如果措施是坏的，因为是一个好人制定的，措施就是好的吗？对那些将成为任何措施的评判者的会众说，这些论点是什么？他们太愚蠢，不允许他们用自己的美德判断措施，他们为达到那个目的必须求助于遥远而又无力的可能。

　　"一个人忍受着这种欺骗手段在他的头脑中运作的效率的程度，他使坏人能够在他身上施加一种力量，这种力量应该使他蒙羞。承认这个论点是一个决定性的效果，你把他放在任何人的权力里，从在你自己看来是好的措施那里吸引你去支持在你眼里是任何坏的措施。它是好的吗？坏人拥抱它，你拒绝它。它是坏的吗？他谩骂它，那就使它投入你的怀抱。你把岩石劈开，因为他避开了它们；你错过了港口，因为他已经驶入港湾了！把自己置于这种盲目的反感之中，你就被对手所控制；因为相应的非理性的同情和奉承，你又被

_____

　　① 选自《本瑟姆》，125、126页。

朋友所控制。"①

"此外，只有艰苦的劳动和清晰而全面的智力才能让一个人在任何一个既定的主题上都能运用从这个主题本身获得的成功的相关论证。利用个性，既不需要劳动也不需要智慧。在这类比赛中，最懒散、最无知的与最勤劳最有天赋的人相提并论。对于那些不假思索就说话的人没有什么比这更方便了。同样的想法提出了一遍又一遍，所有需要的就是使表达方式多样化，而无论是表扬他的人或指责他的人，在个性上总是有一些刺激作用。赞扬给赞扬方和被赞扬方一种连接；谩骂给职责方一种勇气和独立的气氛。

"无知和懒惰，友谊和敌意，赞同和利益冲突，奴性和独立性，所有合力促成个性，是他们的优势。我们越是在我们自己激情的影响下撒谎，我们越是更多依赖于类似程度受影响的他人。一个能以尊严击退这些伤害的人往往会转败为胜。'打击我，但我不怕。'他说，他对手的愤怒没有使他自己感到不安。"②

没有创新——要说所有新的事物都是坏的，就是说所有旧的事物在一开始就是坏的。因为在所有曾经看到或听到的旧事物中，没有一个不曾经是新的。无论现在建立的什么，曾经都是创新的。教堂的条凳式座位和教区职员的第一个发明者毫无疑问被认为是他那个时代的雅各宾派。法官、陪审团、法院的公告，都是热情精神的发明，他们使世界充满惊恐，被认为是伟大先驱。没有接种，没有收税关卡，没有阅读，没有文字，没有天主教会！傻瓜在心里说、用嘴喊："我什么新的东西都没有！"

不信任的谬误——"底部是什么？"——这种谬误始于自己所认

---

① 选自《本瑟姆》，132、133 页。
② 选自《本瑟姆》，141、142 页。

为的措施的一个适度的虚拟接纳，从而证明了它自己的徒劳，并从它自己努力创造的领域中削减谬误。一个措施就是因为赤裸的可能性在其他一些不妥措施中发现了差错而被拒绝的东西。这是替代别人的非难，根据这一原理希律王提起他的大屠杀。这是一个说傻话的人对其他说傻话的人的观点，他说："当邪恶产生时，我们不能决定它，我们的唯一安全的方法是在对邪恶的普遍理解上采取行动。"

官方的罪犯的庇护——"攻击我们，就是在攻击政府。"如果这一概念被接受，那么任何从错误统治中获利的人都有它的利益，而且所有的滥用，无论现在还是未来，都是没有补救的。在进行政府业务中只要有什么问题，只要它能做得更好，就没有其他的方式能使它更接近完美，而不是像现在这样的不完美。

"但事实远非如此，正是人对政府权力的帮助的厌恶和蔑视或者是行使权力体系时的蔑视成为他厌恶和蔑视政府本身的证据，甚至在那种厌恶和不满强度的比例上，这是相反情感的证明。在这种轻蔑或厌恶的后果上，他所期望的不是行使这些权力时没有帮手，而是这些帮手可以更好地得到管理；不是根本不行使这些权力，而是应该更好地行使这些权力；不是在行使这些权力时根本没有规则所循，而是所行使的权力的规则应该是一套更好的规则。

"所有的政府是一个信任，政府各部门是一个信任，自古以来就是如此，就是在规模的大小上、公共与私人的信任上有所不同。我抱怨监护者的行为就像一个家庭保镖，要照顾未成年人和精神病病人。这样做难道我就会说监护是一个坏的制度吗？我抱怨一个人是商业代理人或是一个受破产影响的受让人。这样做难道我就会说商业代理是一个坏的制度吗？难道在授权受托人或受让人的帮助行为中，破产者为了在他的债权人中分配为目的的影响就是一种坏的行为吗？难道它进入任何人的头脑的欺骗就是怀疑我这样做吗？"[1]

在土耳其，没有对政府的抱怨，没有议会的动议，没有《天志》，也没有《爱丁堡评论》。然而，在世界上所有的国家中，起义和革命是最频繁的。

事实远非如此，没有一个好的政府能够始终如一地坚持这样的披露。没有其他方式比降低政府在人们心中的预期更有利于变化的机会或希望。对于有能力思考这些的人是很显然的。从降低现有的统治者对人民估计的明智努力来推断，希望解散政府要么是虚伪行为，要么是错误。故意让病人流血的医生无疑要灭亡。

一个人受到的尊重越多，他的行为越有可能不得体。因此，从公众利益的情况来看，他完全有可能应该受到尊重，这取决于在他的信任中的善行。士兵期待被射击，公众人物必须被攻击，有时候是不公正的。他保持着这种考虑他们的行为受到审查的习惯。在很大程度上，人们对目睹这种袭击的期望，以及寻找他们的习惯，都保持着鲜活的生命力。政府的同盟和支持者总是比对手更有能力保持和提高政府的能力。

指控吓人的方法——"耻辱必须贴在某处"。这一谬误代表诽谤者的特点，因为贴在指控任何拥有政治权力或影响力的有不当行为的人身上，不能产生足够的犯罪证据。

"如果作为一个适用于所有公开指控的一般命题，没有什么可以比谬误更恶作剧。如果指控毫无根据，发表指控可能只伴随着恶意（其不公正意识）和鲁莽，或者也有可能是完全无可指责的。单单是第一种情况，耻辱可以适当地贴在带来耻辱的人身上。人们可能认为毫无根据的指控是有基础的，也就是说，有一种暂时的信任足以

---

[1] 选自《本瑟姆》，162、163 页。

让一个人参与到调查中来，但又没有充分的理由。但是，不把这个
最小的指责贴在招致指责的人身上，指控就可能完全毫无根据。怎
么样才能精确地判断一个先前接受法律调查的人，一个没有权力能
使他确保这部分证词的正确性或完整性的人，在这样的情况下去警
惕防止被欺骗呢？"[①]

错误的安慰谬误——"怎么啦？你要什么？看那里，那里的人，
想象你比他们更富有——你的繁荣和自由是他们的嫉妒对象"——
当一个特别的痛苦来临时，许多辩护者的目标是把质疑和判断的眼
睛转向其他任何偏好的地区。如果一个人的租户带着一般的赞美之
辞来歌颂国家的繁荣而不是特定数额，会接受吗？在正义的法庭的
赔偿行为中，在第三者的手中作为恳求的资产，会有那样的情景发
生吗？事实上，没有一个国家如此穷困、如此悲惨，无论什么方法
都不会找到这个论点。如果国家的繁荣是目前的十倍，这个论点的
荒谬不会在最低程度上减轻。为什么可以治愈的最小的邪恶是可以
忍受的？因为别人耐心地忍受更大的邪恶？难道最小的进步能被忽
略是因为别人仍然满足于更大的自卑状态？

"对任何救济措施的严肃和有针对性的阻碍，也不是最微不足道
的改进，它也不能被使用。假设出台了一个法案：把某处不可逾越
的道路都转换成一个可畅通的道路，会有人因没有看到比我们已经
拥有的众多道路更好而站起来反对它吗？没有。以严重的阻碍为特
点的手头措施就是可能的应该有的措施，使用如此明显不适用的论
点，只能是出于创建一个分流——把人的注意力从目前的主题转向
一幅使集体全神贯注的画，希望因它的美丽，使他们暂时忘掉他们

[①]　选自《本瑟姆》，185、186 页。

来此的目的。①

　　最安静的是没有怨言的——"对于某些无可争辩的滥用或邪恶，以补救的名义提出一个新的法律，一种反对意见通常会产生以下效果：'这项措施是不必要的。没有人抱怨这种形式的混乱，其中，你的措施就是要提出解救措施。但是即使是没有抱怨理由时，人们的抱怨也已经不再迟缓，更不用说任何抱怨的正当理由都存在了。这个论点意味着——没有人抱怨，因此没有人受到影响。它也意味着对于所有的预防措施的否决权，并开始在立法中建立一个直接反对普通生活中最普通审慎的准则：它要求我们不要在桥上修建护栏，直到事故的发生引起了普遍的喧嚣。"②

　　拖延者的论点——"等一会儿，还不是时候"——这是现实中常见的对措施起敌对情绪的人的论点，他们为出现此情况而感到羞愧或害怕。这是同样的怪癖，它是一种法律上的减免——这点在不诚实的被告人这方从没运用过，他们的希望就是通过用绝望、贫困和倦怠压倒他的对手，获得最终的胜利。哪个是有效果的最适当的一天？哪个是清除讨厌的最适当的一天？我们的回答是，找到一个提议去除讨厌的人的那一天。在那一天无论是谁提议去除，都会（如果他敢）在其他方面反对它。在很多对美德和改进比较软弱的朋友的心中，有一个去除邪恶的假想时期，这当然值得等待，如果他的到来有最小的可能性——一个前所未有的和平与繁荣时期，一个爱国的国王和一个开明的暴徒联合他们热情的努力去改进人类事物的时期；压迫者很高兴放弃压迫，被压迫者高兴解脱压迫的时期；困难和不受欢迎会继续邪恶存在的时期；这是为了共同的利益遭受

----

　　①　选自《本瑟姆》，196、197 页。
　　②　选自《本瑟姆》，190、191 页。

危险的时期。但人性的历史与之是如此的相反，在最痛苦的抵抗之后做了几乎所有的改进，处于混乱和民间暴力之中——比起任何合适的时期，所有的改进是在最糟糕的时期被有益改革之友抓住的。

迟缓的行动论点——"一次做一件事——不是时候——目前伟大的职业——没有听到抱怨——这样的恶作剧还没发生——慢慢等待直到它发生！这就是闲聊，什么也不懂，但知道他必须就每个话题说点什么，在他的听众中大声喊叫，作为思想的替代品。"①

模糊的普遍性——模糊的普遍性包括许多种谬误，那些人曾倾向于使用其他更多的模糊和不确定的表达方式。

以政府、法律、道德、宗教术语为例，每个人都会承认世界上有糟糕的政府、不好的法律、不良的道德和有害的宗教。因此，致力于揭露政府、法律、道德和宗教缺陷的情况，本身根本不能提供任何一个作家忙于设想有过错的任何事情。如果他的攻击是针对每一个坏处，他的努力可能是有益的。然而，拥护者躲开别人的视线，大胆地把他颠覆所有政府、法律、道德和宗教的意图归罪于他的对手。在被治国无方的掩护下常被使用的几个模糊的称谓中，在这种幻觉的氛围中没有什么比"秩序"这个词更引人注目的了。通常，任何一种措施都是为了减少对少数人的牺牲，社会秩序是通常反对其进步的短语。

出于劝说人民把他们的命运托付给任何其他代理而不是交给那些在认为违反信托是肯定的人的手中为目的，道德和生理上不可能的正当履行的任何努力——据说社会秩序会受到被毁灭的危险和威胁。"②

---

① 选自《本瑟姆》，203、204 页。
② 选自《本瑟姆》，234 页。

　　同样地，"机构"是一个词语，通过指控那些希望删除或改掉的部分，希望颠覆一切好的机构。

　　"有害的谬论也从可转换的使用中流传开来，B 先生很乐意称之为非议和颂扬。因此，人们对媒体的自由表达了极大的关注，并且对它的放肆表示了极大的厌恶。新闻的放肆在于大胆出色地做事，让人们对罪行感到恐惧，在于激起公众对于最高利益的辩护的注意力。这是胆怯和腐败的人在最恐怖中持有的新闻的放肆，被半动物半死亡般法官的惩罚，处以多年的囚禁。同样，在改革中也存在非议和颂扬的谬误。所有的滥用行为之间都存在着人人所见的联系，任何一种滥用都能给自己带来好处；在感兴趣之处，存在着紧密而充分理解的联系，并已经给出了暗示。任何滥用行为都不能在不危及他人生命的情况下进行纠正。"

　　"那么，如果内在决心不遭受任何能阻止的改革，只取决于自己，对他来说，穿上一个职业的、有助于改革的愿望套子似乎是必要或适当的——追求这里讨论的方法或谬误，他会代表那些以改革的名义有区分的两种事物，其中一个是可以认可的合适的主题，另一个是不被认可的。因此，他将相应地表达这种认可，以一些辅助这些认可的表达词语为特点，例如，温和的、温暖的、实际的、切实可行的。"

　　"同时，对这些名义上的不同种类的另一种描述，他会加上一些辅助责难的表达，如暴力的、无节制的、奢侈的、无耻的、理论的、投机的，等等。"

　　"因此，在职业和外观上，在他的表达概念中有不同的和相反的改革，即加上认可和不认可的标签。但是加上认可标签的那种是空洞的——一种里面不含有任何个体或者要被包含有的种类。"

　　"相反，加上不认可标签的改革是一个容器，里面的整个内容——'改革'——都被包括在内。"①

反理性的谬误——当理性与一个人的利益相违背时,他的研究自然会是能力本身,无论从中产生什么问题,都会是一个仇恨和蔑视的对象。在这个场合所使用的讽刺挖苦和其他修辞方法,不仅是针对理性而且也针对思想,就好像在思想上有某种东西,使它与有用和成功的实践不相容。有时候,一项不符合官方利益的计划,就会被认为是一种投机行为;而且根据这个观察,所有需要理性和深思熟虑的讨论都被认为是被取代的。腐败者的第一个标签是把他认为可能会珍视改革精神的任何阴谋都定在他身上。这句话的表达受到了坏男人和软弱男人的极大的欢迎,以用最不疲倦的能量重复着;而通过强化的方式,增加了"投机性"这个词:理论、幻想、浪漫、乌托邦。

"有时会有这样的情况发生,这个计划在理论上很好,但在实践中却很糟糕。从理论上讲,它的好处并不妨碍它在实践中表现糟糕。"

"有时候,由于非理性的艺术取得了进步,这个计划被认为'太好而不实际';它的表现如此之好,因此被认为是它在实践中表现不好的原因。"

"总之,这门艺术如此完美,没有受到影响。"②

有一种推论会把理论推得很远,但这个推论是什么?在这种程度上,不是因为理论命题(都有一定理解的命题)被认为完全是虚假的,而是因为在特定的情况下,假设命题是按现实的特点而产生的。几乎可以想象,在思考的过程中,有邪恶或不明智的东西存在,

---

① 选自《本瑟姆》,277、278 页。
② 选自《本瑟姆》,296 页。

因为大家感觉到有必要放弃。"我没有猜测，我不是理论的朋友。"一个人能否认理论吗？他能否认推测，而不否认自己的想法吗？

主要使用谬误的人们是指那些依赖于有轻蔑工具特点的有异议的人，有关对他们的利益不利的一个计划，没有在暴露于任何占有优势的异议的一般用途基础上发现它，针对防止那些有其他倾向的人调查它。因为看到实践它的恐惧，他们被迫说它不切实际。

"面对它（一些微弱或年迈的绅士声称），它带有合理性的架势，如果你没有防备，可能让你对它给予一定的注意力。如果你要找麻烦，你会发现（因为所有这些计划都有这么多的承诺），实用性最终还是会有问题的。要使你免予麻烦，你可以采取明智的做法，把计划放在一边，不再去想这件事。"这总是伴随着一种特殊的胜利的笑容。

这些谬论可能汇集在一个小的演说中，我们称它为"面条的演说"——

"先生，我们的祖先对此说些什么？这项措施符合他们的机构吗？它是如何与他们的经验一致的？我们要让昨日的智慧同几个世纪的智慧相竞争吗？无知青年要对成年人的决定表示不尊重吗？如果这项措施是正确的，它是否逃脱那些拥有那么多优秀的政治机构而使我们受恩惠的撒克逊祖先的智慧？丹麦人会对此置之不理吗？诺尔曼会拒绝它吗？这样一个显著的发现值得为这当代和退化的时代保留吗？此外，先生，如果措施本身是好的，我请求尊贵的先生，是否该是实施它的时候了？事实上，是否要选择一个比他所选择的更不幸的时期？如果这是一个普通的措施，我不应该那么激烈地反对；但是，先生，在讨论中它称这个为不可撤销法律的智慧——在值得纪念的革命时期的一项法律的智慧。先生，我们有什么权利打破这家公司在那个时代的伟人的永恒特征的圆柱？不是所有的权威都反对这一措施——皮特、福克斯、西塞罗、律师和副检察长除外。先生，这个命题是新的；这是第一次在议会大厦里听到它。我没有准备，先生，一点也没有准备去接受它。这个措施表示国王陛下对政府的不信任，他们的不赞成不足以辩解为反对。哪里有危险哪里就需要预防。这里讨论的个人的高素质是充分保证反对任何警告的理由。那么，你不要批准这一措施。因为，无论它是什么特征，如果你批准了它，提出这一建议的人就会反对它。先生，我不关心这一表面的措施，但其背后还有什么？那位可敬的先生的未来计划是什么？如果我们通过这一法案，可能他不需要什么新的让步，他正在为国家规划新前景。谈谈邪恶和不便，先生！看看其他国家——研究一下人们的聚会，然后看看这个国家的法律是否需要一个补救措施，或者是否应该得到一个赞扬。这位可敬的绅士（让我问他）总是这样想吗？我不记得什么时候他在这个议会大厅里有相反的意见。先生，我不但与他发生争吵，我还要很坦率地声明，我不喜欢他所支持的政党。如果他自己的动机是尽可能单纯的，那么他们就不会受到与他有政治关联的人的污染。这一措施可能对宪法有好处，但我不会从这类人的手中接受宪法。（听到大喊声！听！）先生，我承认我自己是英国议会中一位诚实、正直的成员，我不怕承认自己是接受所有变革和创新的敌人。我对事物本身很满意，当我从我的祖先那里得到了这个国家，把这个国家再传给我的孩子们，这将是我的骄傲和快乐。那位可敬的绅士假装证明他用尽全力抨击主持大法官法庭的贵族，但是我说，这样的抨击是对政府本身的恶作剧。反对大臣，你就是反对政府；贬黜大臣，你就是贬黜政府；蔑视大臣，你就是蔑视政府，后果就是无政府状态和内战。此外，先生，措施是不必要的。没有人抱怨这种状况的混乱，而这正是你提出补救措施的目的。商业是最重要的，需要最大的谨慎和慎重。不要让我们仓促行事，先生，预见到所有的后果是不可能的。一切都应该是渐进的，邻国的例子应该让我们警惕！我恨创新，但我爱改进；我是政府腐败的一个敌人，但我捍卫自己的影响。我害怕改革，只有当它是无节制的时候我才怕它。我认为新闻自由是宪法的伟大的守护神，但是与此同时，我却在最大的厌恶中保持着新闻的放肆。没有人比我更清醒地意识到可敬的人的能力，但我立刻告诉他，他的计划不可能行得通，它带有乌托邦的性质。它在理论上看起来不错，但它在实践中就不是很好。我重复一遍，先生，在实践中，这是不可能实现的；所以，措施的倡导者会发现，它不能在议会中找到出路。（欢呼声）受尊敬的议员暗示的腐败的源头在人们的头脑中，腐败是那样的讨厌和广泛，没有任何政治改革能在消除腐败方面起到任何作用。与其改革其他国家，不如改革自己国家、宪法和一切最优秀的东西，让每个人改过自新！让他看看自己的家，他会发现那里有足够多的东西，而不用去看国外，瞄准他的权力。（欢呼声）现在，先生，我将以集会的男爵们令人难忘的话结束：'我们不希望英国的法律被改变。'"

"总的来说，以下是与谬误之名相关的所有论点的共同之处：

1. 无论手头的措施是什么，即使与它有关，也是无关的。

2. 它们都是这样的，这些无关的论点的应用提供了一个假设，要么是弱点，要么是完全没有相关论证的存在。

3. 对任何好的目的，它们都是不必要的。

4. 对于不好的目的，它们不仅能够被应用，而且实际上有被应用的习惯和优势，即：他们反对的所有这些措施的阻挠和失败，就是消除政府框架和实践中存在的滥用职权或其他不完善的问题。

5. 通过不相关性，它们都在消耗费和误用时间，从而阻碍了进程，阻碍了所有必要的和有用的业务的发展。

6. 通过刺激的质量，在它们的不相干的美德中，能在一定程度上，能生产不悦，在某些情况下，产生流血冲突，并不断地产生如上述的时间的浪费和业务的阻碍。

7. 对一部分人，无论用口语或书面语表达了它们的意思——它们既表示邪恶，又表示知识缺憾，也表示对理解那些注定要运用脑筋的人的鄙视。

8. 对那些它们能控制的部分人，它们表示出智力的缺陷。对它们假装控制的那部分人，它们表示出邪恶的，即伪善的形状。"

"实际的结论是，公众的理解将得到加强，公众的道德将得以净化，以及政府的实践将得以改进。"①

---

① 选自《本瑟姆》，359、360 页。

珀西·比希·雪莱

《为诗辩护》是迄今为止雪莱最重要的散文。雪莱的抒情诗，对他自己思想的补充和修正有很大的价值，因为从他精彩的哲学讨论上我们可以感知到，雪莱富有丰富的智慧和想象力。本文直接创作动因是源自托马斯·洛夫·皮科克出版的《四个时代的诗歌》，雪莱的作品最初是对它的答复，其论述可以与西德尼的论述相媲美。它被称作在"诗歌的理想性和基本价值"上最有说服力和鼓舞人心的作品之一。

为诗辩护

人类的两种心理活动可分为推理和想象。前者被认为是指任何条件下在思考时产生的两种思想间的关系；后者则指心灵对这些思想的作用。就像心灵在这些思想上的作用一样，用心灵本身的光辉给它们调色，并以此为基础创造新思想，每一种思想都包含着它自身的完整性的原则。想象是一种创造力，或者说是合成的原理，它的对象是宇宙万物和存在本身共有的事物；推理是一种推断力，或者说是分析原则，它把事物之间的联系看作是关系，把思想作为对某些普遍结论的数学表述，而不是把思想作为整体进行考察。推理列举已知的量，想象感知量的价值，分别和整体来感受其价值。推理尊重事物间的差异，想象则关注事物间的共性。推理之于想象，犹如工具之于作者；身体之于精神，犹如影子之于事物。

从一般意义上来说，诗歌可以被定义为想象力的表达：诗歌伴随人的起源。人是一种乐器，它是由一系列外部和内在的印象所驱动的，就像不断变化的风吹拂埃奥利亚的竖琴，吹奏出不断变化的旋律。但人类存在着一个原则，这一原则也许存在于一切有知觉的生物中，它的作用比风吹竖琴有更多可能性，它不单产生旋律，还产生和音，通过一种内部的调整，从而使声音或动作与激发处的印象相协调。这就好像是，竖琴可以使琴弦适应弹奏的动作，从而发出一定节奏的声响；又像音乐家也能令他的声音与琴的声音相协调。一个玩游戏的孩子会用自己的声音和动作来表达自己的喜悦，而每一个变化的音调和每一个姿态都在愉快的印象中产生，都与相应的实物模型产生确切的联系。它就是那个印象的反映，就像风消失之后，竖琴仍余音未散；孩子通过声音和动作来延长其玩乐的欢愉，以此来延长这一感性目标的意识。与那些使孩子高兴的事物的关系，就如同诗歌对更高事物的关系。野蛮人（野蛮人之于年代，犹如孩子之于年龄）用同样的方式表达他对周围事物产生的情感。语言和姿势，连同塑造或绘画的模仿，成为这些物体的综合效果的图像，以及对它们的理解的表象。人在社会中充满了激情和快乐，又会成为别人的激情和快乐的对象。另外一种情绪产生了一种不断加强的表达方式，所以语言、姿势和模仿的艺术，立刻变成了媒介，好像同时又是铅笔和图画，凿子和法令，琴弦和和声一样。从两个人共存的时刻起，社会的同情，或者那些产生同情的因素，如同社会法则，便开始发展了。未来蕴藏于现在中，就像植物孕育在种子里。平等、差异、统一、对比，相互依赖，成为一个能够根据社会意愿决定行动的原则，只有这些原则能提供动机，因为他是社会的，于是构成快乐的感觉、情操的美德、艺术的美感、推理的真谛、人类交往的爱。因此，即使是在社会的萌芽时期，人们也会在他们的话语和行动中遵守某种准则，这种准则与事物及其产生的印象的原则完全不同，所有的表现都必须服从于其所带来的规律法则。但是，让我们摒弃这些比较一般性的探究，因为这些探究可能涉及对社会原则的探究，而我们的探究限定在想象及其形式的表达上。

在社会的青年时期（上古时代），人们跳舞、唱歌、模仿自然事物，在这些行为中观察，就像在其他所有的事物中一样，遵循某种特定的节奏或秩序。每一种特定的规则或节奏属于这些模仿的表现形式，听众和观众从这些规则中都能得到更强烈和更纯粹的愉悦感：这种规则的近似感被现代作家称为鉴赏力。每一个处于艺术初期的人都会遵循一种近似或多或少接近产生这种最高愉悦感的规则，但是差别并没有被充分地显示出来，除非有些场合，这种审美的能力极其卓越（我们可以称这种最高快感及其原因之间的关系为审美力）。审美力最强的人，广义上来说就是诗人。他们表达社会或自然对自己思想的影响所带来的愉悦，并以此感染别人，与他人进行思想交流，并在别人心中获得一种重现的快感。诗人的语言非常具有隐喻性，也就是说，它表现着事物之间的未被理解的关系，并使这种领会永远延续，直到表现这些关系的词语随着时间的推移，成为一种思想的标志，但这只是思想的一部分或类别而不是整体思想的画面。如果没有新的诗人出现，语言就会在人类交往的所有高贵的目的中失去活力。培根爵士说过，这些相似的关系都是"自然印在世间不同事物上的同一足迹"，并且他认为，能领会这些关系的能力，是所有知识公理的宝库。在社会的萌芽阶段，每个作家都是诗人，因为语言本身就是诗歌。作为一个诗人，就是要领悟人世的真和美。简言之，就是领会善，善首先存在于知觉的关系上；其次存在于感知与表达的关系上。每一种原始语言本身就是一种循环诗的混乱。编撰渊博的词典、区别细致的语法，是后世的工作，也只是诗歌创作的目录和形式。

但是诗人，或者那些想象和表达这种不可毁灭的规则的人，不仅仅是语言和音乐的创造者，也是舞蹈、建筑、雕像、绘画的创造者，他们也是法律制度、文明社会的创造者，生命艺术的发明者，他们更是导师，他们更接近美和真。因此，所有的原始宗教都是讽喻的，就像两面神一样，具有虚假和真实的两面。根据诗人出现的时代和国家的情况，在世界的早期时代，诗人被称为立法者或先知。一个诗人本质上就包含并融合了这两个角色的特征。因为他不仅能强烈地洞察社会的现状，还能根据现在的事物来发现这些应该遵守的法则，而且他能从现在预知未来，他的思想是未来花朵的胚芽和果实的萌芽。我并不是断言诗人是广义上的先知，我也不认为他们能预测未来的发展情况。诗歌是预言的一个属性；而预言不是诗的一个属性。诗人会将自己置身于永恒和无限之中，就他的观念而言，没有时间、地点和数量的概念。表达时间的不同、人称的差异、空间的悬殊等的语法形式，相对于最高级的诗是一种灵活的转换运用，而不是对诗歌的破坏。在埃斯库罗斯的合唱《约伯记》、但丁的《神曲》等作品中都能找到比其他任何作品更多的例证，因本文篇幅所限，不便引证。雕塑、绘画和音乐的创作更是非常明确的例证。

语言、颜色、形式、宗教和社会行为习惯都是诗歌的工具和素材。如果我们用上所谓因果关系的修辞方法，这些就都可能被称为诗歌。但是，诗歌在更严格的意义上表达了语言的特殊排列，尤其是语言的韵律，这些都是神来之笔，其宝座是由人的无形本性所控制的。这源于语言的特性本身，因为语言更能直接地表现我们的内心活动和激情，比颜色、形式、运动能做更多更精致的组合，更宜于塑造形象，更能服从创造威力的支配。因为语言是由想象产生的，它仅与思想本身有关系，但是，其他的素材、工具和艺术条件彼此间都存在关系，这限制了概念和表现之间的关系。前者就像一面反射光芒的明镜，后者是削弱它的光芒的乌云，虽然两者都是沟通的媒介。因此，雕塑家、画家和音乐家等的声望从来就不能与诗人的名望相提并论，尽管这些艺术大师的内在能力一点也不比用语言来表达思想的诗人们的能力逊色。两名同等技能的表演者无法令吉他和竖琴演奏出相同效果的音乐。只要他们的制度持续下去，立法者和宗教创始人的声望似乎就超越了严格意义上的诗人。但是，如果我们摒弃这些名人的奉承与他们的粗俗观点相结合而享有的荣誉，再去除他们具有的诗人本性，也就没有什么优越之处了。

因此，我们已经把诗歌局限在艺术的范围内了，这种艺术是诗歌本身最常见的也是最完美的表现方式。然而，我们有必要把范围变得更小，并确定斟酌和未斟酌的语言之间的区别。因为在严密的哲学中，散文和诗歌的通俗划分是不可接受的。

声音和思想之间相互联系，而且和它们所表现的东西之间也相互联系。对这些关系的规律的感知与对思想关系的规律的感知也是紧密联系、不可割裂的。因此，诗人的语言影响了某种统一而和谐的声音的重现，没有了重现，也就没有了诗歌本身。因此，试图把诗歌从一种语言翻译成另一种语言是很愚蠢的事情，就如同把一朵紫罗兰花放入一个熔炉中，去发现它的颜色和气味的构造原理那样。植物必须从它的种子中生长，否则它就不会开花——这是巴别塔的诅咒的负担。

在充满诗性思维的语言中，要注意遵循和声再现的规律，同时还要注意这规律与音乐的关系，其结果产生韵律，或者说一种和声与语言传统形式的体系。然而，诗人用自己的语言去适应这种形式以保存那种作为诗的精神的和谐，这是完全没有必要的。这种做法确实很方便，也很受欢迎，而且在包含了很多情节的诗篇里更受欢迎。但是每一位伟大的诗人都必须不可避免地对他前辈的诗歌范式进行革新，改造出他独特的诗歌韵律和严谨结构。将诗人和散文作家进行区别是一个粗俗的错误，哲学家和诗人之间的区别已经在上文提到过了。柏拉图本质上是一个诗人：他的意象真实壮美，他的语言富有韵律，达到了人们可以想象得到的强烈程度。他摒弃了史诗、戏剧和抒情诗等形式的韵律，因为他试图在行动上激发出一种和谐的思想，而他又不愿去创造任何有规律的韵律，将他风格中的各种抑扬顿挫确定在一定的形式中。西塞罗试图模仿柏拉图文章的节奏，但收效甚微；培根是一位诗人。他的语言有一种甜美而庄严的节奏，满足了我们的感官：它是一种膨胀的张力，从你的心田迸发出来，并随着你的心一起倾注到永远与之共鸣的宇宙万物中去。所有具有革命观点的学者，必然是诗人，不仅因为他们是发明家，甚至是因为他们的文字用生动的形象揭示了世界万物的永恒相似性；而且更因为他们的文章和谐而有韵律，并且本身就包含了诗韵的元素，是永恒音乐的回声。然而，那些至高无上的诗人用传统的格律来描述主题所要求的形式和情节，他们也有能力去感知事物的真相并教导我们，其功绩不比那些打破传统的诗人逊色。莎士比亚、但丁和弥尔顿（把自己局限于现代作家中）都是具有最崇高的力量的哲学家。

诗歌是生命在永恒的真理中表达的生命的意象。故事和诗歌的区别在于，故事讲述了一些孤立的事实，除了时间、地点、环境、因果关系之外没有其他方面的联系；诗歌根据人类本性中不变的形式来创造情节，就像这种方式在创造者的头脑中存在那样，这本身就是所有其他思想的反映。故事是局部的，只适用于某一特定时期，而另一种情况则是永远不会再发生的情景；诗歌是普遍存在的，包含了一种与各种各样的动机或行为在可能的人类本性中所存在的关系，它本身就有这些关系的萌芽。时间，它破坏了特定史实的美和功用，剥夺了诗歌应有的诗意，增加了诗歌的价值，并永久地发展了新奇的方法来应用诗歌所包含的永恒真理。因此，所谓的"缩影"就被称为"历史的飞蛾"，它们把历史的诗意都吃掉了。一个关于特定史实的故事，就像一面镜子，它模糊和扭曲了本来应该美丽的对象；诗也是一面镜子，它把被扭曲的对象变得美丽。

作品的组成部分可能是诗性的，但整部作品不可能是一首诗。一个句子可以被认为是一个整体，一个词甚至可能是一种无法熄灭的思想的火花。因此所有伟大的历史学家，希罗多德、普鲁塔克、李维都是诗人。尽管这些作家的计划，尤其是李维的计划，限制了他们在最高程度上发展这种技能，但他们却通过把他们的主题填满了生动形象的方式为他们所做的题材做了大量的、充分的补偿。

在确定了什么是诗歌、谁是诗人之后，让我们进一步来探究一下诗歌对社会的影响。

诗歌总是伴随着快乐：所有受到诗歌感染的心灵都敞开来接受它所融入诗歌快感中的智慧。在世界的初期阶段，诗人本人和他们的读者都没有充分意识到诗歌的卓越性。因为诗歌以一种神圣的、不可理解的方式发挥作用，超越意识之上；诗歌在读者和诗人共鸣所产生的所有力量和辉煌中，留给子孙后代去思考和衡量这强大的因果关系。

即使是在现代，也没有一个活着的诗人能享有完美的盛名。那些评判诗人的批评家们，应该像诗人一样，必须在自己领域有所建树才会成为诗人的对手，流芳百世：这得让时间从几代圣贤中选出聪明才俊担任陪审团。诗人是一只夜莺，它栖息在黑暗中，用甜美的声音来为慰藉自己的孤独寂寞。诗人的听众好像被这位听得见却看不见的音乐家的美妙旋律所感动，并被深深感染，但是却不知道这种快感何以如此，从何而来。荷马和他同时代的人的诗歌是希腊幼年时期的快乐，它们是那个社会制度的组成部分，这个社会制度又是所有后世文明的重要支柱。荷马把他那时代的理想的完美体现在人类性格中；荷马在人的性格中体现了他的时代理想的完美。我们也不用怀疑，那些读过他史诗的人都被唤起了雄心壮志，想要成为阿喀琉斯、赫克托耳和奥德修斯，在这些不朽的形象塑造中，友谊的真与美、爱国精神和奉献精神都一览无余。听众必定因同情这样伟大而又可爱的人物而情感升华和心胸开阔，直到因崇拜而模仿，因模仿而把自己认同他们为崇拜的对象。也不要反对这些角色远离道德的完美，他们也绝不能被认为是可供世人模仿学习的榜样。

每一个时代都以或多或少的名义，将其特有的错误进行了神化：复仇是半野蛮时代公开崇拜的赤裸裸的神物；自我欺骗是一种掩饰无名邪恶的偶像，奢侈和饱足都拜倒在其面前。一个史诗人物或戏剧人物可以在他的灵魂中带着这些罪恶，就像他把古代盔甲或现代制服穿在身上一样，虽然很容易就能想象出一件比这更优雅的礼服。内在的美不能被它的偶然披上的外衣所掩盖，但是美的形象的精神将会与伪装联系起来，并从穿衣的仪态上暴露出它所隐藏的真相。一种庄严的体态和优美的动作将通过最野蛮和最庸俗的服装表现出来。很少有第一流的诗人在展示他们所想象之美时，愿意赤裸裸地展露出它的真理和光辉。人们怀疑是否有必要为这尘世的音乐能入俗耳而掺杂一些服饰习惯等东西。

然而，对诗歌的不道德的全部议论，都是基于对诗歌行为的一种误解，即诗歌对人的道德的改进和提升。伦理学归纳了诗歌创作的要素，并提出了一些计划，举出了社会和家庭生活的一些榜样。也不是因为缺少那些令人钦佩的教条，人们之间相互厌恶、鄙视、指责、欺骗和征服对方。然而诗歌是以另一种更神圣的方式表现。诗歌唤醒了人的心灵并扩展了人的思想本身，使它成为能容纳上千个未被理解的思想结构的容器。诗歌撩起了掩饰世间之美的面纱，使平凡的事物变得像不平凡。诗歌再现了它所表现的一切，诗歌中的人物笼罩着极乐世界的光芒，永远留存在那些曾经欣赏过他们的人的心中，就像是对这些温和而崇高的内容的纪念，同时存在于一切思想和行为中。道德的最大秘密就是爱：或者从我们的本性中走出来，用别人在思想、行动或人身上存在的美证明我们自己的美。要想成为一名优秀的诗人，他必须要有强烈的、全面的想象力；他必须把自己放在别人的位置上；他必须对别人的痛苦和快乐感同身受。实现道德善良的伟大工具是想象力；诗歌通过对事业的影响来达到效果。诗歌通过不断使人感到新鲜有趣的思想来充实想象，扩大想象的空间；这些思想具有吸引和同化自己的本性的力量，并且形成新的间隔和空隙，它们的间隔和空隙永远要求有新鲜的资料和养分来填充。诗歌加强了人的道德本性，就像锻炼四肢来加强我们的身体机能一样。因此，如果一个诗人通常把自己受时空限制的是非概念体现在他的不受时空限制的诗歌创作中，那就大错特错了。诗人要承担说明事物产生的后果的卑微职责，就会失去参与事物起因的光荣。荷马，或者任何一个永恒的诗人，都不太可能如此误解自己，以致放弃了他们统治辽阔疆域的宝座。几乎无人敢于冒这个险。像欧里皮德斯·琉坎、塔索、斯宾塞那样的诗人，尽管伟大，但他们经常因为一个道德目标，希望读者们去顾及，结果他们诗歌的影响效果被削弱了。

　　荷马和古希腊其他诗人之后的一定时间内，雅典的戏剧诗人和抒情诗人后继辈出，建筑、绘画、音乐、舞蹈、雕塑、哲学等也一时达到登峰造极。尽管雅典的社会机构被许多不完美的缺陷所扭曲，在骑士精神和基督教中存在的诗歌也已经从现代欧洲的习惯和制度中抹去了。然而，历史上再没有其他时代能够发展如此多的力、美和善，盲目的力量和固执的形式也从没有如此地自律和服从于人的意志，人的意志也从没有那么顺从美和善的命令：像苏格拉底未死以前的时代是前所未有的。人类历史上再也没有其他的时代，能给我们留下如此鲜明地刻印着人类的神性形象的纪录和残章片断。然而，只有形式、行动或语言上的诗歌，使这一时代比其他所有的时代都更令人难忘，并且把美好的作品贮藏在永恒的时间里。因为在那个时代，用文字表现的诗歌与其他艺术同时存在，所以它是对艺术被给予和接受的需求的一种无聊的探究，因为所有的艺术都从一个共同的焦点发出光辉，都照耀着后世最黑暗的时代。我们知道因果关系是事与事间一种永恒的关联；诗歌总是被发现与任何其他艺术永远并存、相互关联，并一起对人类的幸福和完美做出贡献。我呼吁用上文已经确立起来的理论来区分因果关系。

　　正是在我们刚刚提及的那个时代，戏剧诞生了。

　　然而，后世的作家可能已经超过了那些保存在我们身边的为数不多的雅典戏剧的伟大范本。无可争辩的是，艺术本身从来没有像在雅典当时那样，依照其真正的原理被理解或实践。因为雅典人使用语言、行动、音乐、绘画、舞蹈和宗教仪式，在激情和力量的最高理想的表达中产生一个共同的效果；具有最精湛技艺的艺术家在戏剧艺术中的每一个分支都趋于完美，并相互保持成一个美的比例和一个整体。近代的戏剧，只有少数能够表达诗人观念的意象元素被应用到舞台上。我们的悲剧没有音乐和舞蹈。音乐和舞蹈作为最适当的附属物却没有最高的人物形象，既没有宗教，也没有庄严。宗教的习俗确实经常被逐出舞台。演员戴面具表演，本可以使适合于他所扮演的角色的许多表情被塑造成永久不变的表情，以便给后世留下个戏剧的伟大范本，但是现在我们剥去演员的面具，知识有利于产生局部的不和谐的效果，它只适合于戏剧独白场面，因为所有的注意力都集中在一个伟大的理想的模仿大师身上。近代将喜剧与悲剧结合在一起的做法，虽然在实践中很容易被滥用，也有很多的弊端，但这无疑是戏剧范围的一个延伸。但是，喜剧应该像《李尔王》中一样，具有普遍性、理想性和崇高性。这可能是这一原则的介入决定了优势劣势平衡之分，使得《李尔王》胜过《俄狄浦斯》或《阿伽门农》，或者说，如果你愿意区分，还胜过与后两部剧有关的三部曲。除非希腊悲剧中合唱诗歌的强烈力量，尤其是后者《阿伽门农》的合唱，应该被认为是与《李尔王》势均力敌的。如果《李尔王》能维持住这种比较，那么它可能会被认为是世界上最完美的戏剧艺术作品的典范。由于莎士比亚不知近代欧洲盛行的戏剧原理，他受到当时狭隘的观念所影响和限制。卡尔德伦在他的宗教神秘剧中，也试图弥补莎士比亚所忽视的一些戏剧性的重要表现。例如，在戏剧与宗教之间建立关系，并将其与音乐和舞蹈联系起来。但是他忽略了比这些还重要的条件，他从一种被曲解的迷信中提出了被严格定义的、不断重复的理想主义，而不是模仿人类激情的真实来刻画活生生的人物。

好吧，我要暂时离题了。舞台上的表演与人类风俗的改良或腐败之间的关系已经得到普遍认可。换言之，我们发现，形式最完美、最普遍的诗歌的存在或缺失与行为或习惯好坏联系在一起。风俗的腐败被认为是受戏剧的影响，一旦戏剧中所使用的诗意消失，腐败便开始了。对此我提出一个疑问：诗歌和风俗的兴衰时期是否与道德的因果的任何一个例子完全吻合？雅典的戏剧可能在某些地方已经接近顶峰，它总是与这个时代的道德和智慧伟大共存。

雅典诗人创作的悲剧就像一面镜子，观众能在镜子里看见自己，观众在这种朦胧伪装的情况下，忘记了一切，除了那种理想的完美和精力，每个人都觉得自己是他所喜欢的、欣赏的、会成为的那种人。想象力是通过对痛苦和激情的同情而增强的，以至于它们一旦进入想象中，便扩大了想象者的能力。怜悯、愤怒、恐惧和悲伤使美好的情感得到加强；而一种崇高的平静从这种高强度的运动中产生，在日常生活的喧闹中一直保持着这种平静的状态，甚至罪恶也被解除了一半的恐怖和它的影响，因为在剧中被表现为不可理解的自然力所带来的致命的结果。因此，错误也就不再任性下去，人们不再把错误当作自己选择的创造那样去珍惜。在最高级的戏剧中，很少有助长谴责或仇恨的地方，它教会人更要有自知之明和自尊。眼睛和心灵都不能看见自己，除非它能反映出类似它的样子。只要戏剧继续表现诗意，它就是一个多面的反光镜，它收集人性最耀眼的光辉，然后进行区分，再从这些基本的简单形式中再现它们，用雄伟和美丽触动它们，使它所反映的一切丰富多彩，又赋予它传播的力量，使它能到处繁殖其种类。

但是，在社会生活的堕落时期，戏剧对这种堕落深表同情，也随之堕落。悲剧毫无创意地模仿古代杰作的形式，剥离了它所包含的各门艺术的一切和谐的衬托，甚至往往还误解悲剧这个形式，或者是作者软弱无力地企图来教导他认为是道德真理的某些说教；而这些说教通常不过是一些似是而非奉承作者和观众所共鸣的严重的恶习或弱点。于是，这就是所谓的古典戏剧和本国戏剧。爱迪生的

《卡托》便是古典戏剧的一个例子，举一个本国戏剧的例子也不是多余的事情！因此，诗歌对此类目的没有帮助。诗是一把闪电的剑，它是一种没有鞘的剑，因为电光烧毁了剑的鞘。因此我们看到，所有这种性质的戏剧作品都在某种程度上缺乏想象力。它们影响着人们的情感和激情，而没有想象力的情感和激情都是任性和欲望的别名而已。在英国历史上，戏剧的最严重的堕落时期是查理二世的统治时期，当时所有的诗歌表现形式都是赞美国王权力战胜自由和美德的赞歌。弥尔顿傲然独立，照亮了一个不配受他照耀的时代。在这样的时期，精于算计的原则渗透到所有的戏剧表演形式中，在戏剧中诗意也不再被表达出来了。喜剧失去了其理想的普遍；机智接替了幽默；我们因自满和胜利而欢笑，而不是因为快乐；恶意、讽刺和轻蔑代替了同情的喜悦；我们几乎不大笑，只是微笑。淫秽是对生活中的神圣之美的亵渎，如果不那么令人厌恶的话，因它蒙上了面纱，变得更加活跃：它是一个恶魔，社会的腐败永远供给它新的食物，它便秘密地吞噬。

戏剧是这样一种形式，它比其他任何形式都更容易综合更多的诗歌表现形式，因此诗歌和社会公益的联系在戏剧中比在其他艺术形式中更能被观察到。无可争辩的是，人类社会的最高成就与戏剧的最高成就是相一致的；这个国家的戏剧曾经一度繁荣，但是戏剧后来便堕落和消亡，这标志着社会风俗的腐败，以及维持社会生活灵魂的势力的消亡。然而，正如马基雅维利论及政治制度时所言，如果人们能够将戏剧带回到其原有的宗旨中，那么生活可能会得到维持和创新。从最广义来说，诗歌的情形也这样：所有的语言、制度和形式不仅需要创造，而且需要维持；诗人的责任和品格在创造上，应赋予神圣的性质。

在希腊，内战、波斯的蹂躏、马其顿和罗马的先后致命性的统治，都是希腊创造力灭绝或中止的象征。那些在西西里和埃及的暴君统治下得到庇护的田园诗人作家，是希腊文学最辉煌时期的最后代表。他们的诗是非常悦耳的，就像晚香玉的气味一样，以过度的芬芳袭人灵魂，使人精神疲惫；而前一个时代的诗歌，就像六月的一场梅风，它把田野里所有的花的香味都混合在了一起，并增添了一种令人神清气爽的活力，这使人的感觉有了一种维持其极度喜悦的力量。在文字表现的诗歌中，田园诗歌和爱情诗歌的微妙之处在于它与雕塑、音乐和类似的艺术的温婉之性有关系，甚至与我现在提及的那个时代特征之一——风俗与制度上的文弱之风——也有关。诗歌中缺少的和谐既不能归咎于诗歌本身的能力，也不能归咎于这种能力的滥用。在荷马和索福克勒斯的作品中，可以找到一种对感官和情感的影响相同的敏感性，尤其是荷马，给肉欲的和伤感的形象带来了不可抗拒的吸引力。他们超越这些后世作家的优势在于，他们拥有属于我们自然的内在能力的这些思想，而不是缺乏与我们外在能力相关的那些思想。他们无可比拟的完美，有结合一切而组成的和谐感。而这正是爱情诗诗人所缺少的，他们不拥有这些，这也正是他们的缺点所在。因为他们不是诗人，所以人们认为他们与他们这个时代的堕落有关。如果这种时代堕落的存在剥夺了他们对快乐、激情和自然景色的敏感性，人们便认为是他们的缺点导致，那么邪恶的最后胜利就会实现。因为社会堕落的终结，就是要摧毁一切对快乐的敏感性，这就是所谓的堕落。堕落以想象和智力为核心开始，然后从核心这里作为一种麻痹的毒液分散开去，通过对情感到达欲望，直到所有的欲望都变成了一个迟钝的群体，在这里感觉也难以存续。在这样一个时代来临之际，诗歌总是求助于那些最后才被摧毁的力量，它的声音能被我们听到，就像阿斯特拉离开这个世界的脚步声。诗歌传达了人类能够接受的所有快感：它永远是生命之光；任何美丽的、慷慨的或真实的东西都可能源于这个邪恶的时代。我们欣然承认，在叙拉古札和亚历山大里亚的奢侈的公民中，那些对奥克里图斯的诗歌感兴趣的人就不像他们部落的愚民那样冷酷、残忍和荒淫。然而，在诗歌能够灭绝之前，堕落必须彻底摧毁人类社会的结构。这条锁链的神圣连接从来没有完全脱节，把许多人的思想连接到那些伟大的思想上，就像一个磁铁，一种无形的磁力流发出来，它立刻连接起所有人的生命，并使生命维持下去。它本身就是一种内在的力量，它本身就包含着它自身和社会革新的种子。所以，我们不要把田园诗和爱情诗的影响限制在那些读者的情感范围之内。这些读者可能会欣赏到这些不朽之作的美，但是认为只是些断简残篇；而那些更加被用心栽培或者出生在一个更加幸福时代的读者，才可能认识到它们是伟大诗篇的插曲，而这诗篇，是所有诗人集智慧之大成，自开天辟地以来就创造而成的。

在古罗马，在一个较窄的范围内同样的更新也发生着，但罗马的社会生活的行为和方式似乎从未完全被诗意的元素所渗透。罗马人似乎认为：希腊人已经是自然形式中最优秀的人才，所以在语言、雕塑、音乐、建筑等方面，他们放弃创作任何可能对他们自己的情况有特殊关系的东西，而作品应该与世界的一般构造有普遍的关系。但我们可能只会局部地判断。恩尼乌斯、瓦罗、柏古维亚斯、亚基亚斯都是伟大的诗人，但他们的诗作都已经失传了。卢克莱修是最高成就的创造者，维吉尔是较高成就的创造者。维吉尔的遣词造句表达细腻，犹如一种朦胧之光，掩盖了他对自然的强烈情感和超乎自然类的客观性。李维具有诗人的本能。然而，贺拉斯、卡图卢斯奥维德及维吉尔时代的其他伟大作家们，只是在希腊的镜子里看到了人和自然，而且罗马的制度和宗教，都没有希腊那么富有诗意。因为影子的形象不如实物那样充满生气，因此，罗马的诗歌似乎是跟随其完美的政治社会和家庭组之后，而不是伴随其一同发展。罗马真正的诗歌存在于它的制度，这些制度中所包含的一切美丽、真实、庄严的东西，只能生发于那些创造这些制度所构成的秩序的那种力量。卡米拉斯的一生，勒古拉斯的死亡，元老院议员们对胜利的高卢人的期望，坎内之战后共和国拒绝与汉尼拔讲和，像这类的事情，不可能是个人善于精打细算的结果，而是因为他们在这几部不朽的历史剧中既是诗人又是演员，源于对生活这种节奏和规律的深刻体会。看见这种规则之美的想象力，根据他自己的想法创造出这种美来。其结果是罗马帝国得到了永垂不朽的名声。这些都不是诗歌，因为他们缺少神圣的诗人。这些是一段由"时间"写在人们记忆里的那篇古史始末诗中的插曲。"过去"就像一个富有灵感的吟诵史诗的人，用他们史实的和声占领了千秋万代的舞台。

最后，古老的宗教制度和风俗习惯完成了变革的循环。但在基督宗教和骑士精神的时代，在那时的风俗习惯和宗教制度下的作家中涌现出一些诗人，他们创造了前所未有的观点和行动的方式，这些方式和观点一旦被复制到人们的想象中，人们的思想就有了主导方向，就像狼狈大军有了将领，否则，这个世界会陷入彻底的无政府状态和黑暗之中。现在不宜提及这些制度所产生的邪恶，可是我们要在已经建立的原则的基础上提出这样的抗议：这些恶果没有任何部分可以归因于这些制度所包含的诗意。

摩西、约伯、大卫、所罗门和以赛亚的诗歌，很可能已经对耶稣及其门徒的思想产生了巨大的影响。这位人物的传记作家给我们保存下来的零散的片断，都是最生动的诗歌本能。但耶稣的学说似乎很快就被曲解了。在他所宣扬的思想观点基础上建立起来的理论体系的盛行之后的某一时期，柏拉图所划分精神力量的三种形式经历了一种神化过程，成了文明世界的崇拜对象。对此，我们要承认：

"光明好像变成了黑暗。"于是，

> "乌鸦振翅飞向多石的森林，
> 美好的白昼垂下眼帘昏昏欲睡，
> 夜的黑色使者醒来搜捕猎物。"

然而，看啊，在这场可怕的激烈的混乱中，萌发出一个多么美好的秩序啊！这个世界就像复活一样，展开那知识和希望的金色翅膀，重新开始它那毫无疲倦的飞行，进入了时间的长空。听啊！它是一阵吹个不停的无形的风，用力量和速度来滋养它永恒的路程。

在耶稣基督教义中的诗意歌，征服罗马帝国的凯尔特人的神话和制度，经受了因经过它们的发展和胜利而引起的黑暗和动乱，并相互融合形成了一种风俗和观点的新体系。把黑暗时代的愚昧无知归咎于基督教的教条或凯尔特民族的统治地位是错误的。不管黑暗时代的势力有什么样的罪恶，这些罪恶都是由于诗性原则的消亡而产生的，诗性原则的消亡又与专制和迷信的进步有关。当时的人们已经变得麻木而自私，原因过于复杂，不便在此讨论。他们自己的意志已经变得薄弱，然而他们既是自己意志的奴隶，也是其他人意志的奴隶。没有人能够在形式、语言或者制度上有所创造，色欲、恐惧、贪婪、残忍和欺诈就成了这样一个民族的特征。把这种社会状态的道德反常现象归咎于任何一种直接与这情况有关的事件都是不公平的。那些最迅速地使这情况化解的事情，却最有资格得到我们的认可。对于那些无法区分语言和思想的人来说，许多道德反常现象混入了我们的民间宗教中，真是很不幸。

直到十一世纪，基督教和骑士制度的诗歌的影响才开始显现出来。柏拉图在他的《理想国》中发现并运用了平等主义的原则，并被用作一种分配制度的模式理论规律——在这种模式下，人类的共同技能和劳动所产生的快乐和权力的物质财富应该平均分配。他断言，这条规则的局限性只取决于个人的感受能力或者对所有人的效用。柏拉图遵循了提迈俄斯和毕达哥拉斯的学说，也倡导了一种道德和知识的学说，它概括了人类过去、现在和未来的状况。耶稣基督把这些观点中包含的神圣永恒的真理揭示给人类，而基督教在其抽象的纯洁性中，通俗地表现了古代诗歌和智慧的深奥主张。凯尔特民族与欧洲南方精疲力竭的民众混合之后，便给他们留下了他们神话和制度中存在的诗歌的痕迹。其结果是对名族混合中所包含的所有原因的作用及反作用的总和：因为没有一个民族或宗教可以取代其他民族或宗教。废除了个人奴役和家庭奴役，以及把妇女从许多使人堕落的古代习俗的束缚下解放出来，这些都是结果。

人类心灵所能抱有的个人奴役的废除，是最高政治希望的基础。女性的自由便产生爱情诗歌。爱情成了一种宗教，爱情崇拜之偶像永远存在。就好像阿波罗和缪斯女神的雕像被赋予了生命和运动，傲然走在他们的崇拜者中一样。这样，人们成了一个更神圣的世界里的居民。熟悉的外表和生活的过程变得奇妙而神圣，一个新的乐园在伊甸园的废墟上创造了出来。因为这创造本身就是诗歌，所以它的创造者就是诗人，语言是他们艺术的工具。彼特拉克的先驱是法国东南部普罗旺斯的抒情诗人，或者说创造者，他们的诗句就像魔咒一样，开启了苦涩爱情中快感的最深邃的魔泉。如果他的诗歌没有成为我们所思考的美的一部分，我们就不可能去欣赏；温柔和崇高的心灵与这些神圣的情感联系在一起，如何使人变得更可亲、更慷慨、更明智，如何把他们从自我的小小世界的阴沉雾霭中拯救出来，再去解释都是多余的了。但丁比彼特拉克更了解爱情的秘密。他的《新生》在感情和语言的纯洁上是一个永不枯竭的源泉。这里记录着他所生活的那个时代，记录着他一生中献身于爱的那段时间，是一部理想化的历史。他神化了天堂里的贝雅特丽齐，他叙述了自己对她倾心及对她日益增长的爱慕，他假装自己蹬着爱情各个阶段的阶梯，升到了"最高真源"的宝座，这是近代诗歌中最辉煌的想。最敏锐的批评家们，在欣赏《地狱篇》《净界篇》《天堂篇》的程度上，不再依照《神曲》的伟大情节的顺序进行称颂，公正地判断。《天堂篇》是一首永恒之爱的永恒赞歌。在古代所有的作家中，唯有柏拉图堪称爱情诗人。在革新的世界里最伟大的作家们和声歌颂美好的爱情，这和声已经渗透到社会的最深处，它的回声仍然淹没了军队和迷信的不和谐。阿里奥斯托、塔索、莎士比亚、斯宾塞、卡尔德伦、卢梭和我们时代的伟大作家们，都在各个时代相继称颂爱情的统治，他们好像要把爱情根植在人类的心灵中作为丰碑，在同人类的肉欲和力量的较量上取得最伟大的胜利。人类天生性别之间的真实关系已经不再那么容易被人误解了；如果在近代欧洲的舆论和制度中，还存在混淆两性的差异和两性能力的不平等这样的错误，并且已经被部分地承认了的话，那么我们就应该归功于女性崇拜，而骑士精神就是这种崇拜的法律，诗人是骑士精神的先知。

　　但丁的诗歌可能被认为是跨越时间的桥梁，将近代世界和古代世界连接在一起。但丁和他的对手弥尔顿把无形的事物理想化，这些被扭曲的概念，仅仅是这两位伟大诗人的面具和披风，他们被包裹着，被伪装着，走过永恒。在他们的思想中，他们自己的信仰和人民的信仰之间必定有区别，但他们对这种差异意识的程度有多大，还很难确定。但丁似乎希望通过将维吉尔所称的"真理之神"放在天堂里，在他的奖赏和惩罚的分配中任意行事，奉守着极端异教的教义，但丁至少想表明他的极度与众不同。弥尔顿《失乐园》本身就包含了对这个基督教体系的哲学反驳，因为一种奇怪而自然的对立，这首诗一直最受欢迎和支持。《失乐园》中所表现的撒旦，其性格的力量和庄严无与伦比。那种认为弥尔顿将罪恶人格化的想法是错误的。难以消除的仇恨，耐心的狡诈，警惕而缜密的阴谋给敌人带来极端的痛苦，这些都是罪恶；这些罪恶，对于一个奴隶来说，还情有可原，但对于一个暴君来说，决不可饶恕；被征服者被击败也不可耻，因为还可以补赎这些罪恶，征服者获得胜利也不光荣，因为更加暴露这些罪恶。从道德角度来说，弥尔顿的魔鬼撒旦胜于他的上帝，正如一个人，尽管身处逆境，备受折磨，仍然百折不挠地坚持他的正义信念，远胜于另一个冷酷地对胜利深信不疑、用最可怕的手段报复他的敌人，这不是因为他错以为可以诱导对方悔改，而是因为他存心激怒对方而使之遭受更多惩罚。弥尔顿已经违背了大众的信条（如果这被认为是一种违背的话），其程度之大以至于他声称他的上帝在道德上没有胜于他的魔鬼。弥尔顿这种对直接道德目的的大胆忽视，是对他极其卓越的天才的最有力的证明。他把人性的若干要素当作调色板上的若干颜色，混合在一起，然后根据史诗的真实规律，重新调色，勾勒出一副宏伟的图画；也就是说，根据这样一个法则，来唤起千秋万代的同情心，即：一系列外界宇宙的活动和智慧之人的行为。《神曲》和《失乐园》使得近代神话具有系统的形式；随着世事变迁、斗转星移，人世间的迷信又在人们对迷信宁可信其有不可信其无中增加了一种，这就要求博古通今的注释家们阐释古代欧洲的宗教，只是这些宗教不会被完全遗忘，因为它会被永远地铭刻在天才的永恒著作中。

荷马是第一位史诗诗人，但丁是第二位史诗诗人。也就是说，第二位诗人所创作的一系列作品，与他所生活的时代及其相关的知识、情操和宗教有着明确而易懂的关系，并随着它们的发展而发展。因为卢克莱修已经把自己敏捷的精神之翼沾染了尘世的灰尘；维吉尔因为过于谦逊竟得了一个模仿者的名声，即使他重新创造了他所复制的所有东西；阿波罗尼亚斯·罗迪亚斯、昆托斯·卡拉伯、农纳斯、卢卡努斯、斯塔提亚斯、克罗迪安等，纵使有甜美的歌喉，也不过是一群善于模仿的鸟，都没能达到史诗的真理。弥尔顿是第三位史诗诗人。因为从最高的意义上来说，如果《埃涅阿斯纪》还不能被称为史诗，那么，像《疯狂的罗兰》《解放的耶路撒冷》《鲁西阿德》《仙后》等就更不能称为史诗了。

　　文明世界的古老宗教深深影响着但丁和米尔顿，它的精神存在于他们的诗歌中，与它的形式还幸存于近代欧洲未改革的宗教崇拜中成正比。时间的距离也差不多相等，但丁在宗教改革之前，弥尔顿在宗教改革之后。但丁是第一个宗教改革者，但路德胜过但丁，是因为路德的粗鲁和刻薄而不是因为大胆指责教皇的僭越权限。但丁是第一个蒙昧欧洲的觉醒者，他从不和谐的野蛮人的混乱中创造了一种语言，本身具有音乐性和说服力。文艺复兴时期有许多伟大领袖人物，但丁是那些伟大精神的集大成者。这群灿烂的星星在 13 世纪在共和的意大利大放光芒，从天堂直照到愚昧的世界的黑暗里，而但丁就是这群星中的启明星。他所用的词语具有天生固有精神，每一个都是一个火花，一个无法熄灭的燃烧着思想原子，还有许多生来就在灰烬中被掩埋了，孕育着电光，尚未发现导体。一切崇高的诗歌都是无限的，就像潜藏着所有橡树的果实。即使我们一层层剥去罩纱，也永远揭露不出潜藏其意义深处赤裸的美。一首伟大的诗歌就像一座喷泉，永远喷出智慧与快感之水；一个人和一个时代能享受到它的神圣之流，只因它们特殊的关系使之能够在分享甘泉之后，另一个人和另一个时代又继往开来。所以新的诗永远在发展，一首伟大的诗歌就是一个不可预见又不可设想的快乐之源。

　　但丁、彼特拉克、薄伽丘之后的那个时代，以绘画、雕刻和建筑的复兴为特点。乔叟获得了这神圣的灵感，英国文学的上层建筑就是建立在意大利所发明的那些材料基础上的。

然而，让我们不要因为替诗辩护而开始谈论诗的批评史及诗对社会的影响。要充分地指出广义的和真正的诗人们对于当代和后代的影响。

但是，诗人却面临着挑战，有人竟然请求，要求诗人把桂冠摘下，让与理论家和机械师。毋庸置疑，运用想象力是最令人愉快的，但又断言运用理智更加有用。让我们根据这一区别，来研究一下有用和功用究竟有何意义。总的来说，快乐或善良，是指一个敏感而聪明的人主观地寻求，一旦得到了，也就勉强同意了。快乐分为两种：一种是持久的、普遍的、永恒的；一种是短暂的、特殊的。功用可以表达出产生前一种快乐或产生后一种快乐的方式。就前一种意义来说，凡是加强和净化情感，扩大想象，使感觉赋予精神的，都是有用的。但是，功用一词也可以有一种较狭隘的意义，它只限于表达这样一种思想：使我们的兽性欲望免于困扰，使人处于安全的生活环境中，使野蛮的迷信之幻想被驱散，使人与人之间在某种程度上相互宽容而又符合个人利益的动机。

毫无疑问，从狭义上说，功用的提倡者们在社会中有他们应尽的义务。他们模仿诗人，把世人创造出来的素描复制到日常生活中。他们让出空间，腾出时间。只要他们把我们在管理天性低级能力的事务时，限于高级能力的范围之内，他们的努力总是最有价值。然而，既然怀疑论者已经摧毁了迷信，就让它不要去泯灭人类的想象中所描述的那永恒真理，正如有些法国作家已经泯灭了的那种。一个机械学家使劳动减少，一个政治经济学家使劳动互相配合，他们的推测与想象的最高原则不相对应，所以让他们小心行事，不要因此而造成贫富悬殊，就像在近代英格兰一样。有事实为证："有更多的人，必赐给他。没有人的，他所受的，必被夺去。"因此，富者越来越富，贫者越来越贫，国家大局陷于无政府主义与专制政治两个极端，就像处于"斯库拉和卡律布狄斯"的"危岩与怒浪"之中。人们这种毫无节制地运用算计的能力必然产生恶劣的影响。

从最高的意义上定义快乐是很困难的，因为这个定义会引起一些明显的悖论。因为，在人类本性构造的和谐之中有一种无法解释的不和谐，我们自身低等的痛苦常常与我们自身高级的快乐相联系。我们选择悲伤、恐惧、痛苦、绝望来表达我们接近于最高的善。看悲剧小说我们产生的同情之心就是根据这一原理。悲剧因为提供了存在于痛苦中的一个快乐的影子而使人愉悦。最美妙的音乐总是与忧郁密不可分，这就是忧郁的源泉。带有忧伤的快乐比完全的快乐更甜美些。所以有句俗语这样说："到悲伤之家胜过去快乐之家。"这并不是说，痛苦必定与最高级的快感如影相随。爱情与友谊的欢愉，欣赏自然的陶醉，感知的乐趣，尤其是创作诗歌时的快感，往往是完全纯粹的。

生产和保证这种最高意义上的快乐是真正的功用，那些生产和保证这种快乐的人是诗人或富有诗意的哲学家。

洛克、休谟、吉本、伏尔泰、卢梭及他们的弟子们，支持被压迫的和受欺骗的人类，他们的努力有权得到人类的感激。然而，即使他们从未来过此世，也很容易估算出道德上和知识上进步的程度。也许再有一两个世纪，人们还会说些无稽之谈；也许再有几个男人、女人和孩子被当作异教徒烧死。此刻，我们可能还没有对西班牙宗教法庭的取消而彼此祝贺。然而，如果但丁、彼特拉克、薄伽丘、乔叟、莎士比亚、卡尔德伦、培根爵士、弥尔顿不曾存在于这个世界上；如果拉斐尔和米开朗琪罗不曾降生于人间；如果希伯来的诗歌不曾被翻译出来；如果希腊文学的复兴从未发生过；如果没有古代雕塑的纪念碑传给我们；如果古代世界宗教的诗歌和它的信仰一起消逝了，那么，我们真的无法想象世界上的道德状况会是什么样子。要不是这些令人兴奋事情的干预，人类永远不可能觉醒去发明那些比诗歌更粗浅的科学，应用分析推理去矫正社会畸形，而如今人们正试图提升分析推理的地位，使它高于发明力和创造力的直接表现。

我们有更多的道德、政治和历史的智慧，而我不知道如何去实现；我们有更多的科学和经济知识，而不能够应用它去合理分配那些不断增加的产品。在这些思想体系下，诗歌被事实的积累和计算过程所掩盖。在道德、政府和政治经济中，什么是最明智和最好的做法，或者至少是比现在的人们所实践和忍受的更明智和更好的做法，关于此类问题的知识，我们从不缺乏。然而，"我不敢来伺候我愿意伺候的，像谚语里的那只可怜的猫一样"。我们缺少创造能力；我们缺少慷慨的冲动来实行我们的想象；我们缺少生活中的诗意；我们的计算超出了概念；我们吃的食物比我们消化的要多。因为缺少诗歌的才能，那些科学的研究就相应地限制了内在世界的领域；奴役自然力的人类仍然是一个奴隶。所有为了减轻与合并劳动而做的发明，却被滥用来加剧了人类的不平等，这应该归咎于什么呢？是不是因为这些机械技术的研究在某种程度上与我们所有的创造能力不相称呢？创造力是一切知识的源泉。所有的发现本应该减轻亚当所受的诅咒，反而加重了它，难道另有原因吗？诗和金钱，都是人们的财富。

诗歌能力有两个方面的作用：一是创造了知识、力量和快感的新资料；而另一方面则是在人们心中产生一种欲望，一种按照某种节奏和规则来进行重现和安排这些资料，这种秩序被称为美和善。由于过分的自私和精于算计，我们的外部生活所积累的资料超过了我们的同化能力，以至于不能依照人性的内在规律来消化这些资料。在那个时期，我们最需要诗歌的修养。因为那时身体变得过于笨重以至于无法充满活力。

诗歌确实是很神圣的。它是知识的圆心和周长。它包括所有科学，所有科学也以它为基础参照。同时它也是其他思想体系的根基和花朵。一切由它生发，一切由它生色。如果它枯萎了，它便不再结果实，不再生种子；这荒芜的世界得不到养分，生命之树不能继续繁衍生息。诗歌是一切事物完美的外表。它有着玫瑰的气味和颜色；它有着永不凋谢的美的形式和光彩。如果诗歌不能高飞，不能把光明和火焰带来，那么道德、爱情、爱国、友情又是什么？我们所居住的美丽宇宙的环境又是什么？我们在世间此生的意义又是什么？我们对世间彼岸的灵感又是什么？诗歌不像推理，是一种根据意志的决定来发挥的力量。一个人不能说："我要作诗。"即使是最伟大的诗人也不能这样说。因为在创作诗歌时，人的思想就像一团将要熄灭的炭火，有些无形的影响，如不稳定的风，扇起了它短暂的光亮。这种力量来自于内在，就像花朵的颜色随着花开花谢而逐渐变淡，而我们的天赋也无法预言它的到来或它的离开。如果这种影响能在最初的纯洁和力量中保持长久，我们将无法预测其结果的伟大。但是，诗歌创作开始时，灵感就已经衰弱了。而那些流传人世的最辉煌的诗歌，可能就是诗人最初想法的微弱的影子。我请教当代最伟大的诗人：最好的诗歌是在勤奋和研究中产生的，这是否是一个错误。批评家们所说的认真创作和反复推敲，可以正确地理解为，是仔细观察灵感到来的时刻。没有灵感时，就通过传统词句组成的表达方式和空间的人为加工相结合；因为弥尔顿在写《失乐园》之前，已经对整部诗歌有了一个构思。我们也有他自己的说过的话为证，他说缪斯曾"口授"给他那"突发奇想的诗歌"。让我们就用刚才这句话来回答一下那些声称《疯狂的罗兰》的第一行有五十六种译法的人。如此创作的作品之于诗，犹如镶嵌细工之于绘画。这种诗的本能和直觉在雕塑和绘画艺术中更容易被观察到：一个伟大的雕像或图画在艺术家的努力下逐渐成形，就像婴儿在母亲的子宫里逐渐成长一样。

诗歌是对心灵中最快乐、最善良的时刻的记录。我们意识到，莫名涌来的思想和感情，有时是与地点或人有关，有时只与我们自己的思想有关，总是产于不可预见的和不受关注的事情，但是总留给我们难以表达的崇高和愉悦。因此，即使在它们留下的眷恋和遗憾中，也不能只有愉悦，就像这种快感参与在物体的本质中那样。诗的灵感到来之时，这就像通过我们自己的理解来解释神圣的本质；但是它的脚步就像吹过海面的一股微风，风平浪静之后，它的痕迹只停留在布满皱纹的沙子上。这些极其相应的情景只有那些有最敏锐的感觉和最丰富的想象力的人才能经历得到的，而由此产生的思想状态却与每一个卑鄙的欲望不相调和。美德、爱情、爱国和友谊的热情，本质上与这些情感联系在一起；当它们继续存在的时候，自我就呈现出本来面目，它只是宇宙中的一个原子。

诗人能很容易体会到这些经验，是因为他们能感受到最完善细腻的生灵，还能够用这个虚无世界的转瞬即逝的色彩来渲染他们所组合的一切。在描写某一激情或者某一情景时的一个词、一个特性，都将拨动那着迷的心弦，为那些曾经经历过这些情感的人，再次激起过去那些沉睡的、冰冷的、被埋葬的影像。因此，诗歌使世界上一切最美好的、最美丽的东西永垂不朽；它捕捉了那些飘荡在人生阴影中的稍纵即逝的幻影，用语言或形式为它们遮上面纱，然后把它们送到人间，同时把此类快乐的喜讯带给和它们的姐妹们留守在一起的人们——我用"留守"一词，是因为这些人所住的精神洞穴中，没有一扇表现之门可通到万象的宇宙。诗歌从朽坏中拯救了降临于人间的神性。

诗歌把所有的东西都变得美丽：它使最美丽的东西大放光彩；它给那些最丑陋的东西增添了美丽；它让狂喜与恐惧、悲伤与快乐、永恒与变化联姻；它把所有不可调和的事情都制服，在它光的照射下结合起来。诗使它所触及的一切都变形，每一种形象在它面前的光辉中都被奇妙的同情转化为它所呼吸的灵魂的化身：它的秘密炼金术将一种从死亡中流向生命的毒液变成了可饮用的金汁；它剥去了这世界的一成不变的面纱，让赤裸的、沉睡的世间的精神之美显露出来。

所有的事物都存在于人们的感知中：至少与感知者有关。"心灵是自己的主宰，它本身可以创造地狱的天堂、天堂的地狱。"但是诗歌战胜了那迫使我们屈服于周围印象中的偶然事件的诅咒。不管它是拉开自己华丽的帷幕，还是揭去罩在万物景象前的黑暗面纱，它同样为我们创造了另一种人生。它使我们成为另一个世界的居民，相比那个世界，这个熟悉的现实世界是一片混沌。它再现了我们平凡的宇宙——我们是这宇宙的一部分，宇宙也是我们的一部分，它从我们的内在视觉中清除了那层一成不变的俗世薄暮，使我们看见我们生命中的奇观。它迫使我们去感受我们所感知到的东西，并想象我们所知道的东西。当在我们头脑中反复出现的印象摧毁了我们对宇宙的印象之后，诗歌就创造了一个新宇宙。诗歌证实了塔索那句大胆而真实的话语，"除了上帝与诗人，没有人配得上创造者的称号。"

一个诗人，因为他是最伟大的智慧、快乐、美德和荣耀的作者，所以他应该是最快乐、最善良、最聪明、最杰出的人。至于诗人的荣耀，让我们挑战一下时间来宣告：在人类生活的建树者中，没有谁的名声可以与诗人的名声相媲美。如果说他是最聪明的、最幸福的，也是最好的，就因为他是一个诗人，这是同样无可辩驳的：最伟大的诗人是美德最无瑕疵而审慎最缜密之人，也是最幸运之人。让我们假设：荷马是一个酒鬼，维吉尔是一个奉承者，贺拉斯是一个懦夫，塔索是一个疯子，培根爵士是一个侵吞公款者，拉斐尔是一个放荡的人，而斯宾塞是一个桂冠诗人。本文这一段引用当代活着的诗人是不太协调的，但是后人对现在所提到的伟大的诗人是自有公论的。他们的错误已被估量过，结果发现不过如一粒灰尘般轻微，他们的罪恶"当时如猩红，现在白如雪"了：他们已经在调解者和救赎者的血泊中，即在时间的长河里被洗过了。看看在当代对诗歌和诗人的诋毁，对真真假假的罪名的指责就像在一场荒唐可笑的混乱中；想想诗人的罪名有的成立，有的罪名其实无足轻重；再看看你们自己的动机吧，不要论断人，免得被人论断。

就像人们说的，诗歌在这方面不同于逻辑：诗歌不受心灵的主观意识的控制，它的诞生和重现与人的意识或意志没有必然的联系。认为人的意识或意志是所有心理因果关系的必要条件，这是自以为是的，因为我们所经历的心理作用的后果是不容易这样涉及的。显然我们不妨这样假设：诗的力量的频繁出现，可能会在头脑中产生一种规则与和谐的习惯，与它力量自身的本性及它对他人心灵的影响都紧密相关。但是，在诗的灵感过去之后——它们可能是常有的，但不是持久的——诗人就变成了一常人，突然被抛弃于逆流之中。但由于诗人比其他人情感上更加细腻和更有条理，对他自己的和别人的痛苦和快乐更加敏感，在某种程度上别人都不知道，所以诗人会怀着相当于这种感觉之差异的热情，来避开痛苦而追求快乐。一般人所追求或逃避的对象，往往在某些情形下都被伪装掩饰起来，而诗人没有注意到这些，所以使自己被人讨厌而遭诽谤。

但是，在这个错误中，没有什么必然是罪恶的，因此残酷、嫉妒、报复、贪婪和纯粹邪恶的激情，从来没有构成任何世俗对诗人的普遍指责。

我按照自己的方式把这些论点写下来，我认为这样的做法最有利于真理的主张。但是，如果他们所持有的这些观点是正确的，那么你会发现它们也含有对反对诗歌的辩论者进行的反驳，至少到目前为止，关于本文的第一部分来说是这样的。我可以很容易地推测出，是什么招惹那些博学而聪明的作家们的怨恨而致使他们与某些诗人争吵；我承认，就像他们一样，我也不愿意被这个时代嘶哑的科尔杜斯的劣作《忒西德》所震惊。巴维亚斯和梅维亚斯，向他们从前那样，毫无疑问是令人讨厌至极的人。但一个哲学批评家的责任是用来区分优劣，而不是混淆是非的。

本文的第一部分论述了诗歌的要素及原理；并且用很小的篇幅，说明了狭义的诗歌与所有其他的规律及美的形式有着共同的来源；然后人类生活所提供的素材都可以按照这些形式进行安排整理，而这就是广义的诗歌。

本文第二部分的目的是将这些原则应用到这个时代诗歌的素养研究当中，并主张大胆尝试，即对现代风俗和舆论方式加以诗歌的理想化，并使这些方式服从于想象力和创造力。对于英国文学来说，其曾经先于或伴随着民族意志之伟大而自由地发展，现在又到了一个充满活力的发展阶段，文学开始了复兴，仿佛是经历了一次新生。尽管有人思想卑鄙，心生嫉妒，会有意低估当代的成就，但是我们当今这个时代必将在知识的成就上成为一个可纪念的时代，而且在我们中间还围绕着许多哲学家和诗人。自从上次争取公民自由与宗教自由的国内战争以后出现了很多哲学家和诗人，而他们无与伦比地超过了他们当中的任何一个人。当一个伟大的民族觉醒，为实现思想上和制度上的变革而奋勇前进时，诗人是最可靠的先驱、战友和追随者。在这个时代，人们积蓄了许多力量去传播和接受关于人与自然相关的强烈而充满激情的观念。具有这种能力的人，就其天性的许多方面来说，与他们那种努力为善的精神，往往没有什么明显的对应关系。但是，即使他们否认并发誓放弃那凌驾于他们自己灵魂宝座之上的力量，他们仍然要为它服务。读到当代最著名的作家的作品，惊叹于他们话语中燃烧的电火似的生命。他们用一种全方位的精神来洞悉人性的深度，他们自己也由衷地对人性的各种表象感到惊诧。因为与其说这是他们的精神，不如说这是一种时代的精神。诗人是未知神灵的司祭长，是未来投射到现在的镜子上的影像，表现了连他们自己都无法理解的文字，是歌颂战斗却又不知被何所激发的号角；是移动而不被动的力量。诗人是世上未公开承认的立法者。

约翰·罗斯金

　　罗斯金（1819—1900），英语用得最华丽的散文大师，出生在伦敦，曾就读于牛津大学。他学习绘画，并成为优秀的画师。他早期把他的主要精力从生产转移到批评和教育中去。1834 年，出版《现代画家》第一卷，之后其他作品相继出版，但直到 1860 年，第五卷才完成。这一作品的惊人独创性，无论是在风格上还是在其美学理论的本质上，都使作者一度声名鹊起；尽管在一段时间内，他受到的攻击比赞扬要多。与此同时，他把自己的研究范围扩大到其他领域。在《建筑的七盏灯》（1849）和《威尼斯之石》（1851—1853）中，他把他的理论应用到建筑上；在《拉斐尔前派》（1851）中，他成为艺术新流派的捍卫者，随后对英格兰的艺术产生了影响；在《时至今日》（1861)）和许多其他著作中，他抨击了当时的政治和经济。

　　尽管罗斯金的许多作品都有各种各样的主题，但在雄辩的论证、阐述和劝诫的基础上，还坚持自己的原则。尽管这些原则有时互相矛盾，但他继续使用既是他的力量，也是他的弱点的那种教条的语气。

　　《芝麻与百合》的这两个演讲表面上看就是有关读书的文章，但作者以其特有的方式，在伦理学、美学、经济学及许多其他学科的讨论中，提出了他最喜欢的观点。因此，它对19世纪后半期英国人的生活和思想产生了广泛的影响，并给出了一个相当全面的概念。其诚挚、丰富、崇高的口才风格，都充分体现了他把上一代德·昆西高度修饰的散文传统带到一定高度，体现了一种在色彩和节奏方面无法超越的精神。

《芝麻与百合》第一讲　芝麻开启国王的金库

"你们每人都要吃一份芝麻，吃十镑。"

——卢西安：《渔夫》

今晚[①]我首先要做的就是恳求大家的谅解，请大家原谅我使用这样的字眼作为演讲的标题而给大家带来的疑惑。不管大家怎么想，也请原谅我通过这样一些"装饰"来竭尽所能地寻求诸位的关注。总而言之，今天晚上，我们讨论的主题并非国王，虽然他的地位崇高无人能及；也非珍宝，虽然它通常代表着巨大的财富；而是另外一种大多数人并不明了的权力秩序与"财富"。而我有意识地引导大家多关注信任的重要性（虽然有时我们会出于善意的目的，而故意欺骗我们的朋友去观赏一处美丽的风景），而且还要有意识地用并不高明的小聪明来掩盖我演讲的真实目的，直至我们能通过这种"旁门左道"获取意料之外的最佳观点。正如我所知，如果一个讲演者

---

① 这个讲座是于1864年12月6日曼彻斯特的拉什奥尔姆市政厅，为拉什洛姆学院的图书馆基金进行募捐时所写。

在公开演讲时不能够开宗明义、单刀直入地表明演讲的主题，那么，在场的听众就会有劳神费力并且不知所云的感觉。为了避免这样的问题发生，此时此刻，我就撕掉伪装，清清楚楚地向大家表明——我的演讲和书籍有关系，有关书本中的珍宝，我是如何发现它们，又如何失去它们的。可能您会说，这是个严肃而又宽泛的话题。是的，您说的没有错。正是由于话题的宽泛性，我才能够轻而易举地切进主题。在这里，我仅仅是把一些关于阅读的简单感想介绍给诸位，这些感想每天都在对我产生深刻的影响。同时，我也留意由日趋扩大的教育模式而诱发的大众思想轨迹的演变，以及文学滋养在社会各个层面上进一步扩大的影响。

事实上，为了教育，我与许多中小学校打交道。我收到许多父母的来信，信中都是关于他们孩子的教育。在这些堆积如山的信件里面，我总是对那高于一切的"地位论"感到吃惊——那就是在生活中，地位的观念会凌驾于父母的其他思想之上，尤其是在母亲的思想中。"教育的目的在于适合于这样或那样的一个地位"——这是简单的一句话，但实际上这句话却暗含着一种人生目的。就我所能理解，他们从不寻求教育本身的好处，即使是在训练中抽象意义的公正观念也很少被作家们所理解。这种教育应该是，给我儿子留一件好外套，使他能够自信地在双扇门前按响受访者的门铃，也能在自己的房子里建立双扇门。总之，教育应该引导人们在生活中获得进步。这就是我们跪膝所祈祷的一切。父母似乎从来没有想到过，教育本身就是人生的进步。除此之外，还有可能是死亡的进步。而且，如果他们以正确的方式着手教育问题，这种必要的教育可能比他们想象的更容易得到或给予；相反，如果处理得不尽如人意，这就没有价值，也没有任何好处。

实际上，在这个最忙碌的国家中的人们最普遍、最有效的思想中，最适合年轻人思考的首要问题是什么呢？我想，就是生活的进步。我可以让你考虑一下这个想法实际上包括什么，以及它应该包括什么。

的确，目前生活的进步意味着，在生活中变得引人注目；意味着能够获得被他人认可和值得尊敬的地位。我们通常不理解凭借这一进步仅仅是赚钱，而是让别人知道是为了赚钱；不理解是自己实现人生伟大的目标，而是让别人看见自己实现人生伟大的目标。总之，这就意味着对掌声的渴望能够给我们自身带来应有的满足。这种渴望，如果在圣贤的思想中仅视为最后一个瑕疵，那么对于凡夫俗子而言就算是第一个缺陷了。这种渴望可以被认为是对普通人性最强烈的冲动影响：人类最伟大的努力总是来源于对赞美的爱，而其最大的灾祸要归咎于崇拜享乐。

我不打算攻击或捍卫这种激情。我希望你们能感觉到它在人类成就中的地位和作用，特别是就现代成就而言。这是一种虚荣的满足，这种满足感促使人们更加努力，并且在我们放松休息时给予慰藉。它如此贴近生命的源泉乃至虚荣心受伤往往被称为是（实际上也是）致命的伤害，我们把它称之为"屈辱"，这种表达也可用于指代身体某个部分无法治愈的创伤。尽管我们当中很少有医生能够认识到这种激情对健康和精力的各种影响，但我相信大多数诚实的人都知道，并且会马上意识到，对虚荣心的满足是他们的动机。船员通常只有在确认自己能比船上的其他水手更好地指挥这艘船时，他才希望成为船长。而他想成为船长也许只是为了听到别人尊称自己为船长；牧师通常只有在确认教区内没有其他人比自己更加坚强、能够带领整个主教辖区渡过难关时，他才会希望成为主教。而他想成为主教的初衷也许就是为了能听到别人称自己为"我的主"。再比如，一个君主通常认为除了自己，再没有人可以在国家的王位上更好地为国家服务。简单地说，因为他希望从尽可能多的人嘴里听到他们尊称自己为"我的陛下"。

因此，这是生活进步的主要思想。对每个人而言，根据所处的社会地位的不同，特别是根据我们称之为"融入主流社会"所产生的不同副作用而言，它的力量适用于我们所有人。我们想要进入一个主流社会，不是因为我们可能身处其中，而是因为外界看我们身处其中。我们认为它好主要取决于它自身的显著性。

请允许我停顿片刻，不知可否向大家提一个或与主题关系甚微的问题？除非我能感到，或者知道听众是否同意我的观点，否则我是绝对不会在公共场合演讲的。在开场的时候，我对这一问题并不是很介意，但是我必须知道听众是怎么理解的。在这一刻，我想知道大家是不是认为我把大众行为的动机推测得过于卑下了。我已经下定决心，尽可能准确地表明我的观点，好让听众更好地理解这种动机存在的可能性。无论何时，在我所做的关于政治经济学方面的论述里，我提出一个假说，即一点点的真诚或仁慈——或是曾被人们认为是"美德"的东西——也许都要通过人类行为的动机进行衡量时，人们通常是这样回应："您不能这样来衡量，这些不是人类的本性。除了贪婪和妒忌以外，您不应该把所有东西都与人类联系起来，除了在极偶然的情况下以并非职业的方式处理一些问题之外，人们不会受到其他情感的影响。"鉴于此，今晚我的开场就是尽量减少人的动机涉及的领域，但我必须要知道大家是否认同我这样的做法。因此，让我来问问，期待赞扬通常是追求进步的人心中最强烈的动机，而单纯地想要完成某项任务则完全是次要的说法，请那些认为是正确的人举手示意（大概只有十几个听众举手——原因可能有两方面，一方面也许会有听众不敢确信本讲座的严肃性，另外一个方面则可能是部分听众羞于表达自己的观点？）我是很认真提出问题的，我真的很想知道大家的想法。然而，我可以通过提出相反的问题来加以判断。那些认同履行义务通常是第一位的动机，期待赞扬通常第二位的人，请举起你们的手（据说，只有坐在讲演者后面的一位听众举了手）。非常好！我知道大家都能跟着我听演讲，而且我也没有离题太远。现在，我不想再提问题难为大家了，我斗胆假设一下，大家会认为履行义务至少是次要的或第三位的动机。尽管大多数人在渴望进步的时候认为其是次要因素，但大家都认为对做有益的事情，或者获得一些真正益处的愿望，确实是一种现存的间接观念。我们得承认，正直诚实的人渴望地位和权利，至少在某种程度上是有益的力量。他们在一群人中宁愿与明智的、见识广博的人交往，也不愿与愚蠢和无知的人交往。最后，我们无须赘述朋友的珍贵性和同伴的影响力等任何老生常谈之事。毫无疑问，出于良好的愿望，大家都会承认，自己的朋友都是真诚可靠的，自己的同伴也都非常睿智，并在真挚的情感与判断力二者结合或任选其一的情况下，朋友和同伴将会是给我们带来幸福和益处的重要机遇。

但是，即使承认靠意愿和感觉可以明智地择友，但真正有能力做到这点的又会有几人？或者，至少对于大多数人来说，选择的范围又是多么有限！几乎我们所有的联系都是由偶然因素或必要情况决定的，并且限制在一个狭窄的范围内。我们不知道谁是我们的朋友；而对于那些我们已经很熟悉的人而言，当我们最需要他们的时候，能否会在我们身边？人类智慧主流圈子里的人物对于他们之外的普通人只能是暂时和部分开放。如果幸运，我们可以博得某位大诗人的青睐，并聆听他的声音；或者向某位科学家提出一个问题，得到善意的答复。我们可能会占用一位内阁部长十分钟的时间与他攀谈，听他那些言不由衷的答复比保持沉默还糟糕；或者在我们人生当中，有那么一两次机会，有幸在女王大婚时向其经过的街道投掷鲜花，或者是赢得女王的回眸一瞥。然而，我们渴望这些短暂的机遇，我们要把我们的岁月、激情和精力花在追求尽可能多的这些事情上。与此同时，有一个社会圈子不断地向我们敞开，无论我们的地位和职业是什么，只要我们愿意，圈子里的人就愿意与我们交谈，他们力求用最富有魅力的言语和我们交谈，并且谈论最贴心的事情。因为这个圈子成员如此之多，如此温和，以致他们整天等候在我们身旁。国王和政治家们耐心地待在简单而又狭窄的接待室里，他们不是为了接见听众，而是要赢得民心。我们从来没有注意到他们，甚至没有听到他们的只言片语！

也许你们可以告诉我，或者你们自己心里想，我们对待那些祈求我们聆听他们的高贵之人的冷漠，我们追随那些鄙视我们或者对我们毫无教导的卑鄙小人的热情，都基于此，那就是，我们可以清楚地看到生者的面孔，我们更渴望结识他们本人而不是他们的语录。但事实并不是这样。假设你从来没有看到过他们的脸；假设你藏在某政治家书房中的屏风之后，或者王子的房间里，尽管你不被允许踏出屏风半步，难道你就不想听他们的谈话吗？当屏风的折页减少到只剩下两扇，就像是一本书那样仅能容纳一个人的时候，你整天听到的不再是闲言碎语，而是那些伟大智者的思想研究和演讲精华。难道你还会对这种听讲的状态，对那个受人尊敬的私人委员不屑一顾吗？

但也许你会说，这是因为活着的人在谈论那些正在发生的事情，并且对你有直接的兴趣，你也想要听到他们的声音。不，这是不可能的，因为活着的人会更愿意在他们的作品中而不是在随意谈话中告诉你正在发生的事情。但我得承认，只要你更喜欢那些节奏紧凑、昙花一现的作品而不是节奏缓慢、持久永恒的作品——也许我们该称之为书籍，这种动机就确实会影响你。因为所有的书都可以分成两类：风靡一时的书与流芳百世的书。注意二者之间的差别——这不仅仅是书的好坏问题。并不是说坏的书就不能长久地流传下去，而好的书就一定能流传久远。这是种类的一种区别。好书有风靡一时的，也有流芳百世的；坏书有昙花一现的，也有遗臭万年的。在我继续阐述之前我必须给这两类书下个定义。

风靡一时的好书——先不谈论坏书——简单来说就是那些我们无法与之交流的某人的非常有用或令人愉悦的谈话，便印刷出来给我们看。说它非常有用，因为它能告诉我们想要知道的东西；说它令人愉悦，因为它就像明白事理的朋友，正在与我们侃侃而谈。这些清晰可闻的游记，对问题轻松愉快诙谐幽默的讨论；以小说的形式生动或悲惨的故事叙述，由真实当事人对过往历史事件的真实情况讲述，所有这些风靡一时的书籍，随着教育的普及，越来越多地出现在我们的生活中，成为当今时代的一种特殊财富；我们应该对它们心存感激，如果我们不好好利用它们，就会为自己感到羞愧。但是，如果我们允许它们篡夺真正的书籍的位置，我们就是没有好好利用它们。严格地说，它们根本不是书籍，只不过是印刷良好的信件或报纸而已。目前，我们的朋友的信也许是令人愉快的，或者是必要的：无论是否值得收藏，都值得我们考虑。报纸出现在早餐时间可能完全正确，但人们肯定不会一整天都在阅读它。因此，尽管装订成册，无论是去年在这个地方，给你娓娓道来讲述客栈、公路和天气的那封长信，那封给你讲述了某个有趣故事的长信，还是那封叙述这样那样事件真实情况的长信，无论其偶尔有些怎样的参考价值，在文字的真正意义上，它根本就不是一本"书"，它也不值得"阅读"。书本质上不是一种口头的东西，而是一种书面的东西；书是书写的形式，不是因为单纯的交流，而是为了永久的流传。书是将口述的东西印刷出来，仅仅是因为作者不能与成千上万人同时交谈。如果他能做到的话，他会选择这样做——这些卷仅仅是作者声音的复制倍增。你不能和你在印度的朋友进行交谈，如果可以的话，你当然会这么做。反过来，你要是写信的话，这仅仅是声音的传递。但是，一本书写出来，不仅仅是复制增加作者的声音，也不仅仅是记录承载的声音，而是将这声音永久保存下来。作者言之有物，而且必是真实有用，或者是优美而有益的。而该物只有作者知道，没有人提及过。如果可能的话，他一定会清晰、悦耳地表达出来，让听众听得清楚明白。在他的生命之中，他发现了"这个"，称之为一事物，或者是一类事物；"这个"指的就是真知灼见，或者真谛，是他在沐浴过的阳光和生活过的土地中获得的。如有可能，他宁愿太阳永远不落，并将阳光永远刻在岩石上，他说："这是我一生中最美好的时刻；而其他时间，我像其他人一样，吃饭，喝水，睡觉，恋爱，憎恨；我的生活就像蒸汽，也可能不是，但我看到并知道了这个：如果这一切都是我的话，还是值得你记忆的。"那就是他的写作，在他短暂的人生旅程中，无论在他身上有多少真正的灵感，他创作了碑文，或者是经文。那样的写作是一本"书"吧。

也许你认为没有哪本书是这样写的。

但是，我再一次问你，你到底是相信诚实还是善意呢？或者你是不是认为智者既不诚实也不仁慈呢？我希望，我们谁都不会如此悲观失望地看待这个问题。好吧，只要智者的书中有关诚实与仁慈的内容，那就是他的创作的书，或者说是他创作的艺术品。[①] 好书里也总是混杂着糟粕——未做好的、多余的、受影响的内容。但是，如果你正确地阅读，你就会很容易地发现精髓，那些才是真正的书。

现在看来，历代的伟人都写这类书——伟大的领导者，伟大的

---

① 仔细注意这个句子，并与《空中女王》（106章）比较一下。

政治家，伟大的思想家。

这些都是你自己的选择，而生命是短暂的。你以前听过很多类似的说法，然而你是否已经测量并绘制出了这短暂的生命和它的可能性呢？你是否知道，如果你读了这本书，你就不会读到那本书，而你今天所失去的东西，却在明天无法得到？如果你有幸可能与王后和国王交谈，你还会去和女仆或者马夫们闲聊吗？或者如果有一个永恒的法庭——这个小社会如同大世界，日复一日随时随地会遇见精英和强者——一直对你开放，你意识到自己为了能进入法庭当听众而与饥饿而又普通的群众拥挤在一起，你还会自以为是吗？因你在你渴求的地方结实的贵族朋友，你自己固有的贵族品质肯定会受到考验。你在活着的时候努力获得更高的地位的动机也会得到估量，就像事物本身所有的真相和真诚，最终在你死去时而得到衡量一样。

我也必须要说说，上面提到的"你渴求的地方"就是你适合自己的地方。因为据观察，这个过去的法庭与现在所有这里生活的贵族阶级截然不同：它对劳动和美德都是开放的，但不向其他任何阶层开放。在这里，财富不会被用来贿赂，名字不会被用来威慑，只有卫兵守护着爱丽舍宫的大门。在深层意义上，没有一个邪恶或粗俗之人能进入那里。在寂静的圣日尔曼行宫的门廊上，门卫们简要地询问："你有资格进入吗？有就进吧。你想成为贵族的朋友吗？先让自己变得高尚，你就会成为贵族的朋友。你渴望与智者交谈吗？先学会理解他们的思想，你就会听懂他们的谈话。但你没有上述资格和条件吗？那你就不能进去。在世的贵族们也可能会假装礼貌，健在的哲学家们会用体贴的话语向你解释他们的思想。但这里我们既不假装也不解释。如果你能因思想而快乐，那你必须达到我们的思想水平和境界；如果你能承认我们的存在，那你必须与我们分享你的感受。"

那么，这就是你要做的，我承认这是很重要的。总之，如果你想融入他们之中，你必须爱这些人。野心是没有用的，他们会嘲笑你的野心。你必须爱他们，并用以下两种方式表达你对他们的爱：

首先，要真正渴望被他们教导，并进入他们的思想。要进入他们的思想，就要去观察，观察他们的表达方式而不是你自己的。如果写书的人不比你聪明，你就不必去读他的书；如果他比你聪明，他会在很多方面与你的思想不同。

现在我们已经做好充分准备来谈谈书了。"太好了！这合我意！"而此时我真实的想法是："太奇怪了！我以前从未想过这一点，但我想这是真实的。或者如果我现在没有这么想，我希望有一天我能想得到。"首先要确保你走近作者去理解他的思想，而不是去寻找你自己的想法。如果你认为自己有资格这么做，那也请以后再去判断吧，现在要先弄清作者的思想。当然，还要确保，如果一位作者的作品很有价值，那么你就不要急于短时间内弄清楚作者的思想。并不是说作者不想说出他的真正意图，也不是说他要用激烈的言辞才能表达，只不过是他不想和盘托出。而且更奇怪的是，他仅以一种隐蔽的方式和比喻的方式来表达意图，目的是他也许确信这就是读者从他作品中想要的东西。我既看不出这是什么原因，也分析不出智者为什么保持残酷的沉默，这使得他们总是隐藏着更深的思想。他们会用奖励的方式而不是帮助的方式把这些思想给予你，并且在允许你理解这些思想之前，他们要确信你是否值得拥有。但这和我们对智慧的外化形式——金子的看法是一样的。对你我来说，看起来没有任何的理由解释为什么地球的电磁力量做不到将其内部孕育的所有金子及附属品一下子都堆到山顶，以便国王及其臣民知道他们所能得到的所有黄金的所在之地。这样，人们就不必费力去挖掘，不用焦虑，不用再靠运气，不用再耗费时间，不用再将这些金子按实际需要制造成尽可能多的金币了。但大自然并没有这样做。她把所有的金子放在地球上的小裂缝里，没人知道具体位置：你可能得挖很长时间，却什么也找不到，而你必须还得痛苦地努力寻找。

这和寻找人类的智慧是一样的道理。当你走近一本好书时，你必须问问自己："我是否愿意像澳大利亚矿工那样工作？我的镐和铲子状况都好吗？我的身体状况好吗？我的袖子卷起来了吗？呼吸匀称吗？心情好吗？"即使已经筋疲力尽，你也要尽量长时间地保持自己的状态，因为它是非常有用的，你在寻找的金子就是作者的思想或写作意图；你的尖镐是你自己的谨慎、智慧和学识；你的炼炉是你自己的深思熟虑的灵魂。如果没有这些工具和火，就不要指望明白任何优秀作家的写作意图。在你能收集到一粒金子之前，你通常需要最锋利、最精细的凿子加上最耐心的熔炼。

因此，我首先要认真地（我知道在这方面我是有权威的）告诉你，你必须要养成认真阅读每个单词的习惯，一个音节一个音节地，而不是一个字母一个字母地读，并要确保明白每个单词的意思。因为尽管只是因为用文字而非声音来替代符号的作用，研究作品被称作文学；再依据国情，精通文学的人被称作识字先生而不是识书先生或识词先生，你可能会把这个偶然的命名法与这条真理联系起来：你可能读完了大英博物馆里所有的藏书（如果你能活得够久），但你仍然是一个"文盲"，一个没受过教育的人。但是如果你逐字逐句地精读了一本好书的十页，也就是说，非常精准地理解了每个词的含义，那么在某种程度上，你就永远是一个受过教育的人。而受过教育与没受过教育（仅是智力层面的一部分）之间的最大不同，在于这种准确性。一个受过良好教育的绅士可能不懂很多语言，可能只会说他的母语，可能他读的书也屈指可数。但是不管他懂什么语言，他都了解得非常精确；不管他读哪个单词，他都读得非常准确。总之，他对文字的精通使他很有学问；从现代的文字中，他看一眼就可以清楚地知道它们的来龙去脉；可以记住它们的出处、它们之间的关联性以及关系词，它们被承认的程度，已经得到考证的引申含义和它们所处的语境，并且都能够在任何时候，在任何国家，用一个词语准确地表述它们。但是一个没有受过教育的人可能会通过记忆懂得很多语言，并能用这些语言进行交谈，但是他并未真正地掌握任何一个词语，甚至连他的母语有哪些字母都不是很清楚。一个智力和判断力一般的水手可以在世界各地大多数港口顺利上岸，但是他每种语言只会说一个句子，他只不过是一个不识字的人；如果可以辨识出口音，或者是一个句子的用词，马上就可以看出这是一位学者。在任何文明国家的议会中，一个错误的口音或一个错误的音节都足以让一个人永远地低人一等，这是一种强烈的感觉，受过教育的人都承认这点。

这种说法是正确的，但令人遗憾的是，它所坚持的用词的准确性并不高，而且只是出于一个语言严肃的目的。的确，在下议院里用错一些拉丁文词汇会引人发笑。我们注意词汇的语调，我们更应密切注意语义的变化，但很少有人会去做这项工作。在意思模棱两可的词语之间相互作用的语境下，几个精心挑选、惹人注意的词汇比起千言万语更有效果。的确，如果有的词语不加注意，它们有时会导致一些致命的后果。目前在欧洲有一些双关语的词汇，在我们周围嗡嗡作响、偷摸潜行（以前从没有过这么多的双关语词汇，可能有两种原因：一是某种浅薄的、污浊的、浮躁的、有传染性的"信息"或者说变形到处蔓延；二是学校里只用教义问答教法来教词组和短语，而不是人生的各种意义）。我要说的是，有很多双关语是外来语，没有人理解其本意，但每个人都在使用，大多数人也会为它们奋斗不已，甚至为它们生活，为它们死亡，想象它们指代着对他们来说比较重要的事情，因为这样的词披着变色龙土褐色的外衣，所有人都喜欢的那种底色。在那个基础下它们埋伏等候着，等待着一种活力把它们拉出来。相比来说，从来没有哪种猎物如此地顽皮，从来没有哪位外交官如此地狡猾，从来没有哪种毒物如此地致命；它们是人类思想不公正的管理者：一个人会小心翼翼地使用双关语，这个词终于有了无限的力量控制他的思维，你只能依靠它的作用来对付他。

在语言中，英语是一种多元混杂的语言，它给人们提供了一种模棱两可的致命力量——词语体系，几乎不管人们是否愿意，通过使用同一词语的希腊语或拉丁语来表达他们想要的庄严；也可通过使用该词语的撒克逊语或者其他普通的词来表达他们想要的粗俗。举个例子来说，如果我们总是保留或拒绝使用希腊语"biblos"或"biblion"来替代英语中"book"作为书的正确表达式，不是像我们希望的那样给这个想法赋予尊严，只是把它翻译成无处不在的英语词汇形式，这对那些习惯于运用他们赖以生存的这些词语形式、词语赋予他们力量的人们来说，这将会给他们的思想带来多么独特而有益的效果啊！

所以，再来想想，当人们善意地想要它有说服力时，通过使用铿锵响亮的拉丁语形式"damno"（诅咒）翻译希腊语的"κατακρίνω"一词，对英国人庸俗的思想会产生什么样的影响呢？当他们选择保持文雅的时候，会选择温和的"谴责"一词取而代之。欧洲以血流成河为代价形成的意识形态上的分化，以捍卫人类最高尚的灵魂如无数的森林树叶飘荡在疯狂的荒芜中。尽管在人们心中存有更深层次的原因，但是例如出于宗教目的，欧洲人采用希腊词汇"ecclesia"表达公众会议，用以表示对这样的会议给予的特别尊重，这一点还是有可能实现的。至于其他类型的含糊措辞，例如，通俗英语中人们常用"priest"（牧师）作为"presbyter"的缩略语。

为了正确地使用词语，现在你必须养成这样的习惯。在你的母语中，几乎每个词都是曾经来源于其他语言——撒克逊语、德语、法语、拉丁语或希腊语（这里没有提到东方语言和原始语言）。很多词都是这样的词源顺序，也就是说，首先是希腊语，其次是拉丁语，再次是法语和德语，最后是英语。在每个民族的口耳间广为流传，词语在意义和用法上都经历了演变，但是其深层的重要意义保存了下来，即使在当今时代，所有优秀的学者在使用它们时还有这样的感觉。如果你不知道希腊字母，那就学习它吧。无论你是年轻人还是老人，男孩还是女孩，如果你想认真阅读（当然，这意味着你有自己支配的一些空闲时间），就先学习希腊字母；然后弄到所有学习这些语言的好字典，当你对某个单词有疑问时，请耐心地在字典中寻根探源。要想入门，先读一读马克思·穆勒的全部演讲稿，然后决不放过每一个令你疑惑不解的词。这是一项严肃的工作，但是你会发现，这项工作一开始就很有趣，最后你会体会到无穷无尽的乐趣。对于你性格的塑造、力量的提升和思想的严谨都将是不可估量的。

注意，这并不意味着你必须去学习，或是试图去学习希腊语、拉丁语或法语。要精通任何一门语言都需要毕生的时间和精力。但是你可以很容易地确定英语单词所演绎的不同含义，而在某位优秀作家的作品中出现的一些词汇，其意义就不易被确定了。

接下来，请允许我举例说明，和你一起认真读一本真正的书中几行真正的诗，看看其中的含义。我会选一本众所周知的书。对我们来说，这些英语单词我们都再熟悉不过了，但是也许我们要带着诚意去阅读这里的单词。我要从《利西达斯》中挑选几行诗与大家分享：

> "加利利湖上的船夫，
>
> 最后到来，也最后离去；
>
> 他所掌有的成对锁钥
>
> （金的用来开启，铁的急速关闭），
>
> 他摇晃着主教冠上的锁，厉声说道：
>
> '年轻人，我该如何宽恕你，
>
> 我对你的宽恕如此之多，
>
> 你却硬要堕入信徒的深渊？
>
> 除了在剪羊毛人宴会上抢食，
>
> 轰走尊敬的受邀客人，
>
> 该关心的他们却漠不关心；
>
> 妄言之口！他们甚至不知如何掌控，
>
> 愚钝之人，从未经受过学识的洗礼，
>
> 文艺只属于虔诚的牧人！
>
> 他们在乎什么？他们缺少什么？全不理会；
>
> 当他们列举出他们贫瘠而浮华的歌颂时，
>
> 亦显示出卑鄙无能的低劣之声；
>
> 饥饿的羊群仰望着，不被喂食，
>
> 羊群以风果腹，拉扯恶臭的薄雾，
>
> 内脏腐烂，污秽蔓延；
>
> 还有那阴森的教堂用它秘密的脚爪，
>
> 终日急速吞噬一切，一言不发。'"

让我们认真思考一下这段诗，研究一下里面的词语。

    首先，我们发现弥尔顿对圣彼得非常青睐，不仅因为这是他的主教职能，而且用词强烈，这难道不令人莫名其妙吗？他的"主教法冠"上的锁？弥尔顿天主教的信徒，圣彼得是如何戴上"主教冠"的？"他所掌有的成对锁钥"——这就是罗马主教所宣称的钥匙的力量吗？这就是人们普遍认为的，弥尔顿在这里只是为了其诗歌的生动，用金钥匙的光芒来帮他达到诗歌的效果吗？决不能这样想。伟大的人不会用生命和死亡这样至关重要的教义来玩舞台把戏，只有那些小人才会热衷于此。弥尔顿在他的作品中表达了他的观点，而且，尽全力——也就是说，把他的全部精神力量都倾注到他的语言表达之中。尽管他极力反对虚伪的国教，但是他拥护真正的宗教；诗中的湖上的船夫，在弥尔顿的思想中，就是真正的主教权力的类型和领袖。因为弥尔顿非常真挚地表达这句诗"我要把天国的钥匙给你"。尽管他是一个清教徒，但是因为有很多坏主教，他不会将其从书中抹去。不，为了更好地了解他，必须首先要理解他的这首诗，它不会让我们产生怀疑，也不会让我们窃窃私语，就好像它是一种反宗派的武器。这是一种庄严的、普遍的主张，是所有教派都要牢记在心的。但是，如果我们再进一步来讨论，我们就能更好地去研究作者的创作动机，然后再来赏析这首诗。因为显然，这种对真正的主教派力量的坚持是为了让我们感受到强烈的震撼，就如同我们要对主教派的虚假提出指控——反对权力的虚假和神职人员的地位。他们就是那些为了"满足他们的肚腹"，"蹑手蹑脚，闯入、攀爬进羊圈"之人。

    不要认为弥尔顿用这三个词是为了凑字数，就像一个散漫的作家那样。他需要这三个词，仅仅这三个词——"蹑手蹑脚""闯入""攀爬"，没有其他的词可以或可能达到这样的效果，也没有更多的词可以添加进去。因为这三个词详尽地描绘了教会的三个等级、那些不诚实地追求教会权力的人，以及相对应的三类人的性格。首先，那些"蹑手蹑脚"进入教会羊圈的人，不关心官位，也不关心名声。他们做事巧妙而狡猾，投靠权势或趋炎附势，只有这样，他们才能让人不知不觉地、直接地、密切地洞察人的思想。然后是那些"闯入"（也就是，强行进入）教会羊圈的人，他们天生的狂傲，雄辩的口才，大胆地坚持自己的主张，在群众中获得了信任和权威。最后，是那些"攀爬"进入教会羊圈的人。他们通过劳动和学习，他们既健壮又健康，但自私地为他们自己的野心而努力，赢得了崇高的尊严和权威，成了"世袭贵族"，摆脱了"放牧羊群"的命运。

现在再来读这段诗：

> 除了在剪羊毛人宴会上抢食，
> 轰走尊敬的受邀客人，
> 该关心的他们却漠不关心；
> 妄言之口！

我再停一下，因为这是一个奇怪的表达，一个蹩脚的比喻，人们可能会认为是作者粗心大意，很不学术。

事实并非如此，诗句的大胆和简洁是为了让我们仔细品味这个短语，并对此记忆深刻。

那两个单音节准确地刻画了教会里对比鲜明的两大势力——主教和牧师的不同性格特点。

"主教"指的是看管的人。

"牧师"指的是喂食的人。

一个人完全失去主教资格的特点就是盲目的。

一个人完全失去牧师资格的特点就是不去喂食，而是被人喂食——只有一张嘴。

把这两种相反的情况结合起来，你就有了"盲目指挥"这个词组。因此，我们可能会明智地提出这样的想法。教会里几乎所有的邪恶都来自于主教们，他们渴望的是权力，而不是光明；他们需要的是权威，而不是前景。然而，他们的真正的职责并不是去统治，因为可能会遭到强烈的劝诫和责备。国王的职责才是去统治天下，主教的职责就是"看护"羊群，一只一只地计数，时刻准备对此进行详细的说明。现在很清楚的是，如果他没有把他的羊群编好号的话，他就不能履行好自己的职责。因此，主教的首要任务就是摆正自己的位置，在任何时候，他都能对自己主管教区每一个活着的灵魂，从童年到现在的历史过程非常了解。在这条街的后面，比尔和南希正互相打得头破血流！主教知道这一切吗？他关注过他们吗？他以前关心过他们吗？他能否详细地向我们解释比尔是如何养成了殴打南希脑袋的习惯的？

如果他不能回答这些问题，他就不是主教，尽管他头上戴着一顶像索尔兹伯里尖塔那样高耸的主教法冠；他不是主教，配不上主教的名衔，因为他试图掌控全局，而不是当舵手。他看不见任何东西。"不"，你会说，"照看后街的比尔不是他的职责。"什么逻辑呀！那些长满羊毛的肥羊们——只有那些人他才应该去照顾。再回到弥尔顿的诗上来，"饥饿的羊群仰望着，不被喂食……还有那阴森的教堂用它秘密的脚爪（主教们却一无所知），终日急速吞噬一切，一言不发"吗？

"但那不是我们心目中的主教。"① 也许不是，但一定是圣保罗心目中的主教，也一定是弥尔顿心目中的主教。也许他们是正确的，

---

① 比较一下《时间和潮汐》的第 13 封信。

也许我们是正确的，但是我们不能在阅读其中任何一个人的作品时把我们的思想加入其中。

我继续说下去。

"羊群以风果腹，拉扯恶臭的薄雾。"

这是为了满足一个庸俗的答案——"如果穷人在肉体上没有被照顾，他们就在心灵上得到慰藉，他们有精神食粮。"

而弥尔顿说："他们没有精神食粮之类的东西，他们只是以风果腹。"一开始你可能会认为这是一个粗劣的诗句，也是一个晦涩的诗句。但这是一个相当准确的诗歌表达。

打开你的拉丁语和希腊语字典，找出有关"精神"一词的意思。它只不过是拉丁语"呼吸"一词的缩写，也是希腊语"风"一词的模糊翻译。在写作中也使用了同样的一个词，比如"风起于风之孕处"；又比如"凡人皆生于精神"，也就是生于"呼吸"，因为它代表灵魂与肉体的结合。在我们的"鼓舞"和"泄气"两个词语中，我们有了真正的感悟。现在，羊群里充满着两种气息：上帝的气息和人的气息。上帝的气息对它们来说意味着健康、生命及和平，就像天堂的空气对于山上的群羊一样重要；但是人的呼吸——即"精神"一词，对它们来说意味着疾病和传染，就像沼泽的迷雾肆意横行。这种气息就像羊群的内脏腐烂，就像一个死去的躯体被产生的腐气膨胀起来，自身分解喷涌而出。这在所有错误的宗教教义中文学层面上来说都是真实的；从开始到最后，一个最重要的标志是，人类气息的"不断喷涌"。改变信仰的孩子开始教育各自的父母；改变信仰的罪犯们开始教育起诚实的人们；生活中大部分时间都生活在愚钝状态的愚人们改变信仰后，突然意识到存在一个上帝，因此幻想自己成为"他"的子民和信使。每一个种族都有自己的宗派流派，无论大小，无论是天主教还是新教，无论高等还是低等，就目前而言，他们只认为自己的教派是对的，而其他的教派则是错的。在每一个教派里，有些人认为人可以通过正确地思考而不是做正确的事情，通过言语而不是行动，只想不做就会得到拯救——这些没有水汽的云，是真正雾的孩子；这些没有血肉，只剩皮包骨头的腐败的人；与魔鬼狼狈为奸——已经腐败了的，或正在腐败的人，"羊群以风果腹，拉扯恶臭的薄雾"。

最后让我们回到尊重钥匙所拥有的力量这段诗，因为我们现在可以理解它们了。请注意弥尔顿和但丁对这一力量诠释的不同之处：因为后者曾经在思想上要薄弱一点；他认为两把都是天堂之门的钥匙，一把是金的，另外一把是银的，是圣彼得赠予哨兵天使的；要确定天堂门前的三级阶梯或者两把钥匙的意义是不容易的。但是，弥尔顿用金钥匙来打开天堂之门，用另一把铁钥匙打开监狱之门，在监狱里，邪恶的老师们被束缚着，"他们带走了知识的钥匙，却没有用来传道授业解惑"。我们已经知道主教和牧师的职责是看管和喂食。对于尽职尽责的人，人们会说"浇灌别人的人，自己也会得到浇灌"。反之亦然。不浇灌别人的人，必自己枯干；漠视他人的，自己也必被漠视——被关进永恒的监狱里面，永远无法享有光明。这座监狱敞开着，以后还会一直敞开；要在天堂被束缚的人，首先必须在人间受到束缚。那个强壮天使的命令——就是那位岩石使徒的形象的人，"捉住他，绑住他的手和脚，把他扔出去"。衡量这些，主要是用来惩治牧师的，因为他们拒绝帮助，拒绝承认真理，颠倒黑白，以至于所承受的束缚越来越紧，越来越多，被扔得越来越远，而且因为越来越误入歧途，最终铁笼的铁栅栏紧靠在他的身上，铁笼的铁门也关上了，正所谓"金的用来开启，铁的急速关闭"。

　　我想，虽然我们可以从字里行间领悟到一些东西，但有更多的东西有待发现；我们已经举了足够多的例子来说明，可以通过对作者作品的逐词研究，达到阅读的目的。我们研究每个词的发音和表达，把我们自己置于作者的立场上，摒除我们的个性，并试图进入作者的思想，这样便能够确定地说，"弥尔顿就是这样想的"，而不是"我是这样想的"。通过这个过程，你就会逐渐不再更多注重"我是这样想的"。你会开始意识到你所认为的事情无足轻重——其实你对任何主题的想法都不是最清晰最明智的；而实际上，除非你是一个非凡的人，否则你不可能有任何"思想"；在任何严肃的问题上，你都没有第一手资料；① 你也没有权利去"思考"，只有试图去了解更多的事实。不，最可能的是你的一生（我说过，除非你是一个非凡的人），如果你没有关于任何事情的第一手资料，你就不会有对任何事情发表意见的合法权利。当然，你也可以随时发表评论。无可置疑的，你总能知道你必须要做的事情有哪些。你有房间要整理吗？有商品要卖吗？有田地要犁吗？有沟渠要清理吗？如果你对处理这些事情的方式没有太多的意见，那对你来说就很危险。而且，在你自己的事务之外，有一两件事情，你必须对此提出一个观点。这种欺诈和说谎是令人不快的，一旦被发现，就会立即被严惩；对孩子们而言，贪婪和喜欢争吵都是危险的品性，而对于民众和国家而言，则是致命的。总之，天地之神喜欢活跃、谦虚、善良的人，讨厌懒惰、傲慢、贪婪和残酷的人。对于这些基本的事实，你必定有而且只有一个强有力的观点。至于其他情况，除了宗教、政府、科学、艺术，你会发现原来自己"一无所知"。即使你可能是一个受过良好

---

① 在大多数情况下，现代教育意味着给予人们错误的思维能力，在所有可能的主题上都是错误的。

教育的人，对你来说，最好的行事方法是保持沉默，每天努力更明智些，尽可能多地了解别人的想法。一旦你努力诚实做事，你会发现即使是最聪明的观点也是有值得商榷之处的。把简单问题复杂化，向你展示做事优柔寡断的理由，这就是他们通常能为你做的一切！如果他们能够"把音乐和我们的思想混合在一起，因神圣的疑惑而令我们黯然神伤"，这对所有人来说都是有益的。我前面为你们朗读他作品的那位作家，不是最一流的也不是最聪明的，但是他看上去很精明，能够清楚地了解自己应该了解的一切，所以人们很容易就清楚他想要表达的全部意思。但是对更伟大的作家而言，你无法理解他们文章所要表达的意思，甚至他们自己都很难权衡自己——涉及的范围实在是太宽泛了。比方说，我曾要求你们去研究莎士比亚有关教会权威问题的观点或者是但丁的观点，而不是弥尔顿的观点。你们在座的当中，谁能对这两位作家可能提出的观点，很快有一点点自己的看法呢？你们是否对《理查三世》中的主教们和克蓝麦这一人物进行过比较呢？是否对圣弗朗西斯和圣多米尼克的描述与维吉尔好奇凝视着他的，或是得到但丁支持的那个人的描写进行过比较呢？[①] 我推测，莎士比亚和阿里吉耶利要比我们大多数人都更了解人类，他们两人都处于世俗和精神力量之间的主要斗争之中。我们可以猜测，他们都会有自己的想法。但是，放到哪里呢？带到法庭上来！把莎士比亚或但丁的信条写进文章里，然后把它们送到教会法庭审判。

我再一次告诉你们，很久很久以来，你们都将无法真正理解这些伟人的所要表达的真正目的和教导。但是对伟人做的一点点研究都能让你意识到，你所做的判断仅仅是偶然的偏见，是虚无缥缈、

---

① 《地狱篇》第23首，第125、126行；第29首第49、50行。

绝望无助、如杂草般纠缠不清的想法。不，你会发现，大多数人的思想就像是一片无人问津被人遗忘的粗犷的荒野，一部分贫瘠，另一部分则是被沾染了邪恶的有毒牧草占据着，杂草丛生，足以致命。而你要为他们和你自己做的第一件事，就是急切而轻蔑地点燃火焰，把所有的牧草都烧成灰烬，然后再犁地播种。你面前的所有真正的文学作品都必须从服从命令开始，即"打破你的休耕地，不要在荆棘中播种"。

其次，^① 忠实地倾听伟大导师们的教导，你可以进入他们的思想，你的思想就会有更高的进步；你还必须进入他们的内心。因为你首先要全面了解他们，所以你必须亲近他们，同他们待在一起，和他们分享他们的正义而强烈的激情或者"感觉"。我不在乎这种用词，更不在乎这些事情。最近你听到了很多对"感觉"一词的强烈抗议，但是我要告诉大家，我们想要的感觉不但没有减少，反而更多了。人与人之间或者动物与动物之间一个最显著的区别就在于此：一个人或动物比其他人或动物更有感觉。如果我们是海绵，也许感觉对我们来说不是很容易；如果我们是蚯蚓，随时都有可能被铁铲切割成两段。但是，对于我们人类而言，这对我们是有好处的。不，到目前为止，我们只是敏感的人类，我们获得的荣誉和我们付出的热情是完全一致的。

你知道我曾说过那个伟大而纯洁的死人冥界，那里"任何一个虚荣或粗俗之人禁止入内"。你如何理解我所说的"粗俗"之人？你自己认为"粗俗"是什么意思？你会发现这是一个富有成效的思想。但是简单地说，所有粗俗的本质都是缺乏感觉。简单而天真的粗俗只是一种未经训练和未开化的身体和心灵的钝性。但是，在真正的

---

① 与第 13 段相呼应。

天生的粗俗中，有一种死亡的麻木，在极端的情况下，它会变成各种各样的兽性的行为习惯和罪恶，没有恐惧，没有快乐，也没有怜悯。正是在迟钝之手，死亡之心，病态的习惯和冷酷的良心中，人变得粗俗。他们永远都是粗俗的，精确地说，他们不会同情，反应迟钝，无所建树，坚持平庸。而最准确的术语表达，可能是指身体和灵魂的"结合"。这种圆滑是树上的含羞草，是纯洁的女人拥有的世间珍宝——超越理智的美好和丰满的感觉，理性的向导和指引者。理性可以决定什么是真理：这是上帝赋予的人性激情，只有通过它我们才能认识世界的美好。

接下来，让我们一起来到冥界的大集会，不仅仅是为了从他们身上学习什么是真实，而主要是为了和他们在一起感觉什么是正义，我们必须像他们一样体验痛苦。真正的知识是受过训练和经过考验的知识，而不是映入脑海的第一个念头。第一个念头都是自负的、虚假的和危险的。如果你屈服于它们，它们将会以空洞的热情引导你疯狂而徒劳地追求，直到你的人生没有了真正的目的，生活没有了真正的激情。并不是说人类的任何感觉本身都是错误的，而是在没有经受考验的情况下才会出错。它的高贵在于自身的力量和正义。当它脆弱的时候，它是错误的，并且让人感到的理由微不足道。这是一个很有平常的事，就像一个孩子看到一个变戏法的人扔金球一样。但是你是否认为这种奇迹是不光彩的，或者没什么感觉？有一种卑鄙的好奇心，就像一个孩子打开一扇禁闭之门，或者一个仆人窥探她主人的事情；还有一种高尚的好奇心，就像在危险面前，质疑沙漠深处是否有大河之源，大海深处大陆架所处的位置；而更高尚的好奇心质疑"生命之河"源头和"天堂大陆"的范围等——那些"天使渴望探寻"的事情。于是，焦虑就不体面了，它会让你徘徊于一个无聊的故事经过和灾难情节中。难道你认为焦虑能帮助你去观察一个饱经苦难的民族与命运的抗争过程吗？唉！在今天的英国，就是这些你感觉到的狭隘、自私和舍本逐末，让你必须为此受到谴责：浪费在花束和演讲上的感觉；浪费在狂欢和宴请中的感觉；浪费在虚张声势的打斗和欢乐的木偶戏上的感觉。与此同时，你可以一旁观看，看着一个个高贵的民族是如何遭到杀戮的，一个个男男女女是如何被人践踏，却没有得到任何同情的眼泪的。

我刚才说的是感觉的"自私"与"舍本逐末"，简言之，就是"不公平"或"不公正"的感觉。正如绅士与俗人的不同，又如（那些曾是）文明的国度与乌合之众的差异，在于他们感觉的持久性与公正性，是经过深思熟虑和平等理念的结果。你们可以把乌合之众说成是任何东西，你可以随心所欲地戏弄或挑逗它。因为他们当中的大多数人都传染上了像感冒一样的情绪，区区小事也能令他们疯狂；而事情过后，又像什么都没发生过那样。一个绅士或者一个文明国度的激情是公正的，有分寸的，而且是连续的。例如，一个伟大的国家不会耗费几个月的时间，把整个国家的智慧都用于因一个恶棍所犯的一宗谋杀罪收集证据和考量罪行上；也不会耗费一两年的时间，将自己整个民族的智慧都用于观看成千上万的子孙们每天自相残杀上，而是考虑棉花价格可能会产生什么样的影响等。一个伟大的国家也不会因为几个贫穷的小孩偷了六个核桃就把他们送进监狱；不会允许那些破产者鞠躬弯腰之时就偷逃国家成千上万的税款；也不会让那些靠聚敛穷人储蓄富起来的银行家们，在他们无法控制的情况下破产关门，一走了之；更不会让大片的地产被那些贩卖鸦片的人买走，这些人靠着大炮、利舰横行中国海域，名为保护在华外国人的利益，其实干的是比盗匪还要歹毒的勾当，与劫匪通常要求"要钱还是要命"不同，他们要求的则是"要钱也要命"。一个伟大的国家也不会在其无辜的穷人遭受流感折磨、性命攸关之时而不管不顾，也不会在其瘟疫横行、身体腐烂之时而漠不关心，虽然对于庄园主而言，每周只需再多付出六个便士就可以解决问题；然后，以鼻涕眼泪和恶魔般的同情来激烈辩论，是否应该以宗教之名挽救和珍惜那些杀人凶手的生命。另外，一个伟大的国家，应当及早下决心用绞刑这一最为合理的方式来执行死刑，还要仁慈地区分杀人的罪责程度；也不会像一群冻僵了的狼崽撕扯一个男孩之后，对一个悲伤的疯孩子留下的条条血痕发出嚎叫；也不会像头发花白、拖着病弱之躯的奥赛罗一样，在派出一个王公大臣去安抚那个凶手的紧要关头"不知所措到了极点"，因为那个人的杀人手法非常娴熟，比屠夫在春天屠宰羔羊的速度还要快，而且在那些父亲们面前刺死了他们的女儿，并残暴地杀害了许多贵族青年；最后，一个伟大的国家不会嘲笑上帝及其力量，更不会在《启示录》中擅自曲解对上帝的信仰，故意宣扬"爱财是万恶之源"，而与此同时宣称，在所有重大的国家行动与决策制定中，人民的斗志都会被这种对金钱的热爱所驱使而没有其他的爱。

我的朋友们，我不知道我们为什么要谈论阅读。我们想要比阅读更严格的纪律；但是可以确定的是，我们都不会阅读。在这种状态下，人们不可能有阅读的能力。他们不能理解任何伟大作家的名言名句。此刻，对于英国公众来说，要理解任何有思想的作品，都是一种简单而又不可能的事情，因此在疯狂的贪婪中，他们是不会进行思考的。令人高兴的是，我们的疾病还没有到丧失思维能力的程度，还不是内在本质的堕落。如果有哪些事情击中了我们的要害，我们仍会进行思维，这是真实可信的。虽然一切事情都应该付出代价的观念深深影响我们的行事目的，但我们的内心深处有一种高尚的道德情感存在；虽然我们常像输钱的赌徒一样爱发脾气，对于劳动缺乏耐心，但是我们每天仍在努力地工作；虽然我们无法辨别战争的真正原因，但是我们仍然勇敢地面对死亡。如果我们的内心深处还珍视一种高尚的道德情感，对一个国家来说，这是有希望的。只要它的生命不息，时刻准备为了荣誉（尽管是一种愚蠢的荣誉）、为了爱情（尽管是一种自私的爱）、为了事业（尽管是一种基本的事业）而献出自己的生命，它是有希望的。但只是希望而已，因为这种本能的、不计后果的美德不能持久。无论在内心多么仁慈宽厚，本身就是一群乌合之众的国家，是不会长久下去的，必定走向灭亡。有一天，道德情感必须约束自己的激情，引导情感的释放，否则反过来这些激情会用毒蝎般的鞭子约束道德情感。毕竟，一个国家不能发展成为只知赚钱的乌合之众，否则这个国家就真的会灭亡：轻视文学，轻视科学，轻视艺术，轻视自然，轻视同情，一门心思只知道赚些蝇头小利的状态不可能继续存在下去。你们认为这些话是残酷的还是野蛮的？请对我再有些耐心，而且时间要再长一点儿。我将向你们逐条证明这些真实的情况。

第一条，首先我要说说轻视文学。作为一个国家，我们对书籍的关心体现在哪些方面呢？与我们花费在马背上的时间相比，你们认为我们花在公共图书馆或私人图书馆上的时间到底有多少？如果一个人废寝忘食地泡在图书馆里，如饥似渴地阅读，你就会说他疯了。尽管人们每天都在赛马场上挥度时光，并毁了他们自己，但你从来没听过任何一个人说他们是马痴。或者，退一步来说，你认为英国的公共书架和私人书架上的书籍，和它的葡萄酒窖里的葡萄酒相比，哪个更具有吸引力呢？相对于奢侈品上的花销，它在文学上的支出又会是多少呢？与我们的生活需要物质食粮一样，我们来谈论一下生活所需的精神食粮。目前而言，一本好书富有取之不尽用之不竭的精神食粮，它是我们生命的必需品，也是我们生活中最美好的一部分。然而，对大多数人而言，在为国家的各种灾难和混乱付出巨大而沉重的代价之前，又把多少时间花费在阅读名著上呢？尽管有一些人为了买一本书而勒紧裤腰带省吃俭用，但我认为，他们家里的私人图书，最终会比他们大多数人的家庭晚宴还便宜。更遗憾的是，我们很少有人接受这样的良心审视。因为实际上，一件珍贵的东西如果是通过我们辛勤工作或大量金钱获得的，那么对我们来说它就弥足珍贵了。而如果维护公共图书馆的费用只是举办公共晚宴费用的一半，或者书籍的价格只是手镯价格的十分之一，即使是愚蠢的人，有时也会怀疑阅读的益处，更不要说与作者心灵碰撞产生思想的火花。然而，文学作品的极其廉价却让聪明人忘记了这样一个事实：如果一本书值得一读，那就值得买了。如果一本书本身都分文不值，那么这本书也就没有被利用的价值，除非它被读者阅读，并被反复阅读，被读者好评，并一再好评。然后你在书上作标记，这样你日后就可以查阅自己所需的段落，就如同士兵在军械库中挑选自己需要的武器，或者家庭主妇从商店里买走自己需要的调料一样。面粉制成的面包味道很好，如果你仔细品尝这个面包，还能发现有些甘甜如蜜的味道；如果我们认真去读一本好书，就会发现书中也有甘甜如蜜的面包味道；如果一个家庭在一生中不能多次尝到大麦面包，那么这个家庭真的是捉襟见肘了。我们称自己是一个富裕的国家，我们却龌龊愚蠢到从图书馆相互借阅书籍来阅读。

第二条，我要说说轻视科学。"什么？"你会惊呼，"难道在所有的发现中我们不是居于首位的吗？[①] 难道整个世界不是都被我们的发明或理性或非理性变得眼花缭乱吗？"的确是。但难道你不认为这是国家大事吗？所有这些成就都不是国家支持下取得的，而是靠个人

---

① 既然已经写到这，答案一定是否定的；我们已经向欧洲大陆国家屈服了，因为我们自己太穷了，甚至无法支付船只的费用。

的热情和个人出资取得的。确实，我们很高兴看到我们已经从科学中受益；我们非常急切地用科学探索精神解决了很多问题，如果一位科学工作者来找我们要报酬或者补贴，那就是另一回事了。我们公开地为科学做了些什么呢？为了我们船只航行的安全，我们必须得弄清楚时间，因此我们就为一个天文台付费。在我们的议会中，我们每年都要绞尽脑汁地马马虎虎地为大英博物馆的各项工作做些事情，我们闷闷不乐地担忧，大英博物馆几乎成了鸟类标本陈列馆，孩子们的娱乐场所。如果有人愿意自费买望远镜，发现并解决另外一个星云的难题，我们就好像这些科学成果是我们自己的一样喋喋不休地大肆评论。如果一个人告诉我们哪里有黄金，哪里有煤炭，我们才会认为他这样做是很有意义的，并完全合乎情理给他加官晋爵。如果你怀疑这些笼统的现象，这就是我们所有人都要深思的一个事实，用来说明我们对科学的热爱。两年前，在德国的巴伐利亚地区出售了一批索伦霍芬出土的化石。这批化石是现存的最好的化石，里面包含着许多珍稀物种的标本，还有一个化石更是独一无二的物种的很好证明（这块化石向世人揭示了一个完整的未知生物王国）。私人收藏家估价，这批化石的市场价值可能会达到一千或一千二百英镑；而英国政府的报价仅为七百英镑，还不打算真付。如果不是欧文教授①花费一些时间，耐心地说服英国公众代表，募集到四百英镑，然后自己出资三百英镑，凑了七百英镑，这批化石珍品现在应该还存放在德国的慕尼黑博物馆里！毫无疑问，被说服的公众最后把钱捐给了教授，但是他们却并非心甘情愿，而且对拍卖品和

---

① 　未经欧文教授的同意，我陈述这样一个事实：如果我要征求他意见，他也不会答应，但是我认为公众很有必要知道这一事实，尽管有些冒犯和唐突，我认为这么做还是很重要的。

拍卖过程一直毫不关心，却随时谈论自己能从中捞到什么好处。我请你们考虑一下，从算术上说，这个事实究竟是什么？你们每年用于公共事务的开支（其中三分之一用于军事装备）至少有五千万英镑。现在是七百英镑对五千万英镑，大概就相当于七便士对两千英镑。假设，一个收入不明的绅士，其财富是根据他每年用在他的花园围墙修缮和仆人身上的花销就达两千英镑来推测的，他声称自己喜欢科学；一天，他的一个仆人急切地来告诉他，有一批珍贵的化石，可以为研究新时代的物种存在提供线索，只要花上七便士就能买下。但是这位自称热爱科学的绅士，这位每年在花园修缮上就要花费两千英镑的绅士，在几个月之后才答复："好吧！我可以给四便士，你再出那剩下的三便士，到明年我们就能买了！"

第三条，我要说说轻视艺术！"什么！"你们又会回答说，"难道我们没有举办过艺术展吗？难道我们没为几幅画作一掷千金过吗？难道没有成立艺术学校和机构吗？"是的，但这一切都是为了艺术商店获利。你们既卖油画又卖煤炭；既卖陶器又卖钢铁。如果可以的话，你们可以从其他国家手里抢钱。[1] 不能这样做，你的人生理想就是站在世界的大道上，就像路加德的学徒一样，向每一个路人喊叫："你缺少什么？"你对自己的能力和环境一无所知；你可以想象，自己站在潮湿、平坦的田野里，你们可以像一个在古铜色的葡萄树丛里的法国人，或者像生活在火山口下面的意大利人，拥有一种敏锐的艺术天赋。学习就像收藏图书，在你们学习的过程中，你们会收藏越来越多的图书。当然你们很在意绘画，但远不如你们对贴在死气沉沉的墙上的钞票的在意。墙上总会有空间粘贴那些账单让人看，

---

[1] 这就是我们的"自由贸易"理念——"所有的交易为我自己。"你现在发现，通过竞争，别人可以像你一样卖东西，而我们又呼吁保护。不幸的人！

而没有地方挂些画来供人欣赏。这个国家中，你们不知道要收藏哪些画作（凭名气），也不知道画作的真伪，更不知道这些画作是否被妥善珍藏。在国外，你们可以漠视那些世界上现存的名作被遗弃在角落里，慢慢褪色，破损直至腐烂——在威尼斯，你们会看到奥地利的军队故意将子弹射向那些珍藏名画的宫殿；而如果你们听说欧洲所有优秀画作第二天都要被制成沙袋供奥地利人修建城堡，你们不必为此而烦恼，权当在你们自己练习射击的沙袋中少了一两次射击机会罢了。这就是你们国家对艺术的热爱。

第四条，我要说说轻视自然。也就是说，对所有的自然风光的深沉而神圣的感觉全部遭到鄙视。法国革命家们曾把法国的大教堂当作马厩，而你们则把世界各地的大教堂当成了赛马场。你对快乐的唯一思想就是，开着火车围绕着教堂的走廊跑一圈，然后毁掉祭坛。① 你们已经在沙夫豪申大瀑布的上方架起了一座铁路桥；你们已经在特尔教堂旁边的卢赛恩悬崖峭壁凿通了隧道；你们已经摧毁了日内瓦湖的克拉兰斯河岸。在英国，没有一个宁静的山谷不被你们点燃的熊熊烈火所充斥；在英国，没有一寸土地不被你们的煤渣所蹂躏。② 也没有任何一个外国的城市，不被在古老的街道和欢乐花园里到处可见的新式酒店和香水商店奢华的消费打上烙印。曾经被你们自己的诗人如此虔诚地爱过的阿尔卑斯山，在你看来就像是熊园里沾满肥皂泡的竿子，人们带着"喜悦的尖叫"在上面爬上滑下。当你们不再尖叫时，当人类的语言无法清晰地表达你们的快乐时，你们就用火药进行爆炸打破了山谷的宁静，然后你们冲回家，面色

---

① 我的意思是，世界上美丽的国度——瑞士、意大利、德国等，有最受人恭敬的大教堂。但我们只会开着火车穿过它们，在这最神圣的地方吃吃喝喝。

② 几年前，我在约克郡的里士满发现了所有的河岸土地变成了黑色，从几英里以外的地方飘来了一种带着煤烟的空气污染了这里，我着实被震惊了。

因过度自负而兴奋得发红，嗓子因滔滔不绝地讲话而抽搐痉挛。我曾看见过最悲惨的两个场景，我认为差不多是人性中最为阴暗的一面，具有其深刻的内在意义。一是在查牟尼山谷的英国暴徒，他们用发射炮弹来逗乐自己；再一个是苏黎世，很多瑞士采葡萄者为了庆祝葡萄丰收而在葡萄园用葡萄藤堆积成"葡萄藤塔"作乐。对我来说更令人遗憾的是，人们竟然有这样欢乐的观念。

最后，我要说说轻视同情。无需用我的语言来证明这一点，我只需打印一份报纸剪报即可（我有剪报的习惯，然后存在我的抽屉里）。这个剪报来自1867年《每日电讯报》的报道，刊载于今年早些时候，至于具体的日期，虽然我没有剪下来，但很容易找到日期，因为在剪报的背面印有一个标题新闻："昨天是大主教里本今年在圣保罗大教堂举行的第七个特别礼拜日。"我偶然把它记录在下面的脚注里……

　　"本周五，副验尸官理查兹先生在斯皮茨菲尔德市基督教会区的白马镇主持召开了对58岁的迈克尔·柯林斯死亡的听证会。玛丽·柯林斯，一个看起来惨兮兮模样的女人，说她和死者及死者的儿子住在基督教会区考博斯法院大街二号的一个房间里。死者是一名皮靴翻改师。那名证人是负责外出收购旧靴子，死者及其儿子将旧靴子翻新，然后证人把靴子卖给商店，换取一些生活用品，而这种收入实在是太微薄了。死者及其儿子夜以继日地工作，试图换取一点儿面包和茶叶，并支付房租（每星期两英镑），以便一家人共居一处。在星期五的晚上，死者从他的长凳上站起来，开始浑身发抖。他扔下靴子说：'我不能再做下去了，你们必须接着把它们做完。'房间里没有生火，他继续说道：'如果我身子暖些，我会感觉好些。'随后，证人拿了两双刚翻新的靴子①去商店里卖，但是她只拿到十四先令。商店里的人说：'我们也得挣点儿。'证人用这十四先令买了点儿煤炭，一点儿茶叶和面包。死者的儿子为了赚钱，熬了一整夜，但是死者还是在星期六的早上去世了。这个家庭一直饱受饥饿之苦。验尸官问道：'在我看来，你没有进救济所真是很可悲的。'证人答道：'我们想要个舒适的小家。'法官问她舒适是什么，因为他只看见房间的角落里有一张草席，窗户上的玻璃也已经破碎了。证人开始大哭，说他们还有一床被子和其他一些小物品。死者生前说过他绝不去救济所。夏天天气好的时候，他们有时每周能赚十英镑。但在冬天，他们连夏天的一半都赚不到。三年来，他们的生活状况越来越糟。柯尼廖斯·柯林斯说他从1847年开始帮父亲干活。由于他们常常都要工作到深夜，两个人几乎都要失明了。这个证人（死者的儿子）的眼睛上还戴着一块医用护镜。五年前，死者曾求助于教区。教区救济的官员给了他四磅面包片后，对他说，如果他再来就让他吃'闭门羹'。② 自那以后他就和他们毫无关系了。他们的情况越来越糟，上周五的那一周，他们甚至连买一根蜡烛的半便士都没有。死者就躺在那个草席上，说他可能活不到第二天的早上了。法官接着说道：'你们自己都要饿死了，你应该到救济所去，一直待到夏天到来。'证人回答道：'如果我们进去，我们就会死。当我们在夏天出来的时候，没有人会认识我们，我们甚至连一个住的房间都没有。如果我现在有吃的，我现在就可以工作，

① 我们必须坚决执行的一件事，就是为了所有阶级能生活得更好，在我们未来的日子中，他们不再穿翻新的衣服。

② 这是对无用劳动者惩罚的缩写，这是一种很奇怪的巧合，我们中的一些人可能记得的一段话。

因为我的眼睛会慢慢好起来的。' 验尸官对该案痛苦性质进行了评论，法官做出了如下裁决：'死者死于筋疲力尽、缺乏食物及日常生活必需品；也缺乏及时的医疗援助。'"

你会问："为什么证人不去救济所呢？"哎，穷人们似乎对富人们设有的救济所有一种偏见，看起来他们更宁愿孤独地死去。也许，如果我们为他们建造足够漂亮和令人愉快的娱乐室，或者他们在家里就可以领取失业保障金，他们的想法可能会因这些条件而有所改变。而事实是这样的：我们提供的救济方式对他们来说是一种侮辱，或者说是一种痛苦，他们宁愿死也不愿接受我们的救济；我们任由他们不接受教育而变得更加愚蠢，他们像野兽一样挨饿、野蛮、愚蠢，不知道自己该做什么，或者该问些什么。在一个基督教国家里，这样的报纸就不应该报道这样的事。① 正是我们虚构的基督教促使我们犯下了这些罪行，因为我们沉迷于信仰。戏剧性的基督教，清晨布道时的基督教，黄昏信仰复兴大会的基督教——我们不怕在基督教义里对魔鬼的嘲弄，夹杂些撒旦、罗伯茨、浮士德等戏剧元素，构成了一幅美妙的画卷，以雕花的窗户为背景效果唱赞美诗，伪装成祈祷者对管风琴进行艺术性的调音（为了那些没有受洗的宣誓人，我们可以在第二天分发宣传手册，这可能就是我们认为的第三戒律的影响）。我们整理好基督教长袍，以免被那些质疑基督教的异教徒碰触。但是如果用普通的英语单词或行为来撰写一部普通的基督教义，使基督教的戒律成为生活的准则，并在此基础上建立我们国家的法律和希望，我们就很清楚我们的信仰究竟是什么了。比起从现

----

① 我很欣慰地看到会有越来越多这样敢讲真话、披露事实真相的报纸面世。我刚才用了"基督教"这个词吗？

代英国国教中得到真正的行动或激情，你可能会更快地从香烟中得到火光。你最好戒掉香烟，扔掉烟斗，把它们连同哥特式的窗户和漆画的玻璃，都留给那些有产者；趁你身体健康，放弃那些虚无缥缈的幻象去照顾门前台阶上的穷人吧。因为只要人人都伸出援助之手施以帮助，才会有一个真正的教堂。

我要重申，你们都鄙视所有这些快乐及美德，但实际上，你们中有些人并没有这样去做。你们靠着他们的工作、他们的力量、他们的生命、他们的死亡生活着，但永远不会感激他们。要不是那些你们鄙视或者忘记的人，你们的财富、你们的娱乐、你们的骄傲，都是不可能得到的。那些整夜在漆黑的巷子里走来走去巡逻的警察；那些与汹涌的大海搏斗的水手们；那些全神贯注读书的学生；那些普通的工人在没有赞扬，几乎吃不饱饭的情况下完成了自己的工作，就像你的马在毫无希望、被所有人鞭策的情况下拉着你的马车一样：正是依靠这些人，英国才会继续发展下去，但是他们不能支撑起整个国家，他们只不过是这个庞大国家的肉体和神经系统，惯性地在引起痉挛的躯体中运动着，而国家的精神却已经消失了。我们国家的愿望和目的就是娱乐，我们的国教就是举行教堂仪式，并宣扬具有催眠作用的"真理"，以使那些乌合之众安静地工作，而我们却在自娱自乐。这种娱乐的必要性，就是它紧紧束缚着我们，就像我们发烧时嗓子发炎、目光呆滞一样，让我们毫无意识，放荡不羁，冷漠无情。"不自在"一词，意为"否定"和"不可能"，字面上多么形象地表达了我们英国社会的整个道德状态和它的娱乐情况。

当人们忙碌时，他们的娱乐就来自工作，就像五颜六色、花团锦簇的花朵一样。当人们真诚以待、互相帮助、富有同情心的时候，他们所有的情感就会变得稳定、深沉、永恒，就像身体有规律的脉动一样给灵魂带来勃勃生机。但是现在，没有人生目标时，我们就把所有的精力投入到赚钱的虚假事业中去；没有真正的情感，出于内心的阴暗和负罪感必须得把这些虚假的感情伪装起来，但不能像孩子们玩洋娃娃那样表现得天真无邪，就像崇拜偶像的犹太人那样，在山洞的墙壁上画着偶像的画像，让人费劲地挖开山洞才能找到它们。在生活中我们没有执行公平和正义，我们却在小说和舞台上模拟；因为我们破坏了自然之美，却用变形的哑剧取而代之，我们本应与我们的同伴一起怀有崇高的悲痛感（我们人类的本性就需要敬畏和悲伤）。

很难估计这些事情的真正意义，事实已经够可怕的了。我们每天都任由或者导致数千人死亡，但我们却认为这无关紧要；我们放火烧毁了房屋，毁坏了农民的田地，我们已经伤害了那么多无辜的人。我们仍然心存善念，仍然拥有美德，但只有孩子般的那种程度而已。查尔默在他漫长人生的最后时刻，强调了公众的巨大力量，在一些严重的问题上被"公众的意见"所困扰，发出了很迫切的感叹——"公众就是一个大婴儿！"我之所以把思想上的严肃主题与阅读方法的探讨一起进行讨论，是因为我们越多地看到我们国家的缺点和痛苦，越能说明公众在用"幼稚"的思维方式解决这些问题，在最常见的思维习惯中缺乏教育。再次重申，我们应该感慨的不是罪恶、自私、大脑的迟钝，而是一个教育不良的孩子的鲁莽行为与真正良好教育的孩子缺少帮助之间的区别。

在一位伟大画家那可爱却被忽视的作品中，我们可以发现一种奇特类型的特点。它是柯克比朗斯代尔教堂墓地的一幅画，有小溪、山谷、小山，还有早晨的天空。我们想象着那些随风起舞的落叶堆积在墓碑上，堆积在被施了魔法墓室的封口处——不，那是沉眠于地下的国王们伟大的皇城之门，如果我们知道如何用他们的名字来唤醒他们，他们就会为我们醒来，和我们一起散步。我们也会经常在那些古老的国王安息时在他们中间漫步徘徊，用手轻轻抚摸他们身上的王袍，摆弄他们额头上的王冠。他们仍然对我们保持沉默，似乎只是一个落满灰尘的雕像。因为我们还不知道那唤醒他们心灵的咒语，如果他们曾经听到，他们就会以他们的力量来迎接我们，以微弱的目光注视着我们，考虑着我们的疾苦，正如沉睡中的冥王哈得斯见到那些刚刚死去的人时说，"难道你们也像我们一样纯洁而强大吗？你也成了我们中的一员了吗？"

要想"强大"，那就在"生活中努力前行"，我们指的是生活本身，而不是其外表。朋友们，你们还记得一家之主去世时，那个塞西亚人的习俗吗？他是如何穿着华丽的服饰被安放在四轮马车里送到他朋友们家里的？家家户户是如何奉他为上宾，在他面前大摆宴席的呢？假设这一切都是给你安排的，又假设这个提议是这样的：你的生命将从你的肉体中消失，从人间沉入到卡那亚的冰川地带。但是你的身体要穿上更加华丽的服饰，坐上更高贵的四轮马车，发号更多的命令，如果你愿意的话，头上可以戴上更多的王冠；人们会向你的肉体鞠躬致敬，围绕它注目并欢呼雀跃，沿着大街小巷簇拥随行；为它建造宫殿，把它摆在首位，彻夜宴乐。你的灵魂会在肉体里了解他们的行为，感受肩上的金衣华服的重量，以及头骨上久戴王冠形成的皱纹。你愿意接受这个由死亡天使做的口头上的提议吗？你认为我们当中最卑鄙的人会接受这一提议吗？但实际上，我们中的许多人都充满恐惧地抓住了这样的机会。每个人都在接受这一提议，希望在生活中努力前行，有所提升，但却不知生命的本质。他认为生命的本质就是，他要得到更多的马匹，更多的仆人，更多的财富，更多的公众荣誉，而不是更多的个体灵魂，他本人只是在生活中努力前进。而如果一个人的心肠变得越来越软，他的血液越来越暖，他的头脑越来越敏锐，他的精神越来越平静和祥和。

拥有这种生活的人才是世上真正的君王；而其他的国王，即使他们是真的国王，也只是一种头衔和话题而已。如果连这一点也做不到，那么他们就是戏剧化的国王形象，国家的傀儡而已；或者他们根本就不是皇室，而是专制者，是一个国家愚蠢行为和现实的真实写照。我在其他地方也提到过："有形的政府不过是一些国家的傀儡政府而已，而对其他国家来说，则是疾病和灾难；对于一些人来说，是一种束缚，对大多数人来说，是沉重的负担。"

但是，当我听到有人，甚至是有思想的人还在谈论皇权的时候，我真的无话可说，好像由皇权统治的国家只是一种个人财产，可以自由买卖，或以其他方式获得的，或者像一只买来的绵羊，羊肉供国王享用，羊毛供国王所有；好像阿喀琉斯愤怒地称呼他卑鄙的国王为"食人者"；而一个王国领土的扩张就意味着私人财产的增加。凡是有此类想法的国王，无论权力多么强大，都不能成为国家真正的国王，而只是像国王御马身上的牛虻一样，去吸吮马的血，这可能让马疯狂，但却不能驾驭它。如果你们能清楚地看到，他们这些国王，他们的法庭，他们的军队，都只不过是一种巨大的沼泽地里一大群蚊子，在夏天的夜晚用刺刀般又长又尖的嘴巴乱咬乱叮，嗡嗡作响。与此同时，真正的国王却平和地治理着国家，他们也会憎恨统治国家，大多数人还会宣布退位；如果他们没有办法做到，只要他们对这种作为习以为常，乌合之众就一定会利用"他们"来成就自己。

如果有形的国王每天都用"武力"来估计他王国的统治范围，而不是其地理的界限，那么有一天他也许就会成为一个真正的国王。不管特伦特是否会在这里给你切割出一小块儿土地，还是莱茵会在别的什么地方给你建一个城堡，这些都不重要。但是，对你这样的一国之主来说，你能够对臣民发号施令，招之即来挥之即去，这才是重要的。你能否尽你所能，像特伦特一样指挥自己的民众顺服于你。对你这样的一国之主来说，无论你的臣民是恨你还是爱你，只要他们因你而活或死，这才是重要的。你可以用臣民的人口多少而不是国土大小来衡量你的统治。

衡量一下吧！不，你无法衡量。谁能衡量那些好吃懒做的人与人间和天堂中最伟大的国王在力量上的差异呢？好吃懒做的人拥有的力量充其量不过是飞蛾与铁锈那样的力量。太奇怪了！想象一下，飞蛾之王如何为飞蛾们积累财富；铁锈之王，其力量对于其臣民就像铁锈至于武器，又是如何为铁锈积蓄财宝的；强盗国王，为强盗积累宝藏。但是又有几个国王积累了财富而不去严加防守呢？或者说，越多的盗贼窥视抢劫其财富，其价值就越大呢！蕾丝花边的长袍，只是用来出租的；船舵和宝剑，只是用来装饰的；珠宝和黄金，只是用来分散的。这里提到三类国王。假设还有第四类国王，人们在很久以前的一些晦涩的作品中读到过，他们有第四种宝藏，宝石和黄金不能等同，也不可用纯金来估价。纱布，只有用雅典娜的纺梭织出来的才更匀称；铠甲，只有圣火所锻造的才更锋利；真金，只有靠太阳中心的光热才能被提炼出来。因此，要通过人将它们置于悬崖之上，才会得到难以穿透的盔甲和无数的黄金！"行动"、"辛劳"、"思想"三大天使仍然在呼唤我们，守护在我们的门前，并用他们有力翅膀的力量指引我们前进的方向！假设国王们都站出来，表示自己曾经听说过这类故事，并且对这类事情深信不疑，那么他们会不会为他们的民众聚集在一起，带来所有的"智慧"宝藏呢？

想想这是多么令人惊奇的事情！在我们的现有智慧中，多么不可思议！我们应该让我们的农民参加阅读练习而不是进行刺刀训练！组织一支训练有术、薪金优厚、具有指挥能力的思想者队伍，而不是荷枪实弹、英勇杀敌的军队！像在步枪训练场那样，在阅读室找寻全民娱乐方式；就如同士兵射中靶心一样，谁能直言不讳、一语中的，就给谁以奖励。文明国家的资本家们的财富应该用来支持文学发展而不是发动战争。

请再耐心一些，我要引用一句话，是我认为最经得起时间考验的一句话。

"这是欧洲财富运行的一种非常可怕的形式，就是这些资本家把自己的财富全部用来支持非正义的战争。一场正义的战争不需要那么多金钱来支持，因为大多数参战者愿意出资支持军队开支；但是对于一场非正义的战争，人们的肉体和灵魂都会被金钱收买。除此之外，对他们来说最好的战争工具，就是使发动战争的成本最大化。在两个交战国之间，不要去谈全民恐慌和愤怒的怀疑所造成的代价，大部分民众们已经没有诚意用金钱去购买片刻的和平。所有非正义的战争都是可以获得一些人的支持的，比如通过资本家放高利贷，这些贷款也是通过向民众征收税款得来的。资本家是非正义战争的主要根源，但战争的真正根源是整个国家的贪婪。贪婪使民众没有了信仰、坦率或公正，因此，由他自己造成的损失和惩罚都转嫁到每个民众身上。"

实际上我们可以看到，英国和法国互相收买恐慌。他们每国每年都要给对方支付一千万英镑的恐怖费用。现在我们假设，他们不再每年购买这些价值一千万英镑的恐慌，而是下定决心要彼此和睦相处，每年购买价值上千万的知识、园林花园及其他类似的公用建筑，难道不会对法语和英语都有好处吗？

要实现这些任重而道远。尽管如此，我还是希望不久之后，在每一个相当大的城市里都将修建皇家或国家图书馆，并收藏一系列的皇家丛书，还有其他系列丛书。每一本藏书都会经过精挑细选，每一种书都是最好的书，以最完美的方式为国家系列丛书的收藏做准备。这些文字印在同等大小的书页上，页边适中，分卷恰当，手感轻便，装订漂亮结实，可以作为装订书籍的典范。而且这些伟大的图书馆从早到晚向衣着整洁的读者开放，执行严格的规章制度来保证图书馆的整洁和安静。

我可以帮你们制定修建其他场馆的方案，例如，美术馆、自然历史博物馆，以及其他很多诸如此类的公共场馆，在我看来，这些都很实用、必需且珍贵。

这一计划是最简单、最需要的，这将是我们所谓的英国宪法施行的一个重要的补药。你们的《谷物法》应该被废除了，但是如果你们还没制定出新的《谷物法》，那就试着把它当作一种更好的面包——一种由古老的魔法阿拉伯谷物芝麻制成的面包——"芝麻开门"——打开的不是强盗之门，而是国王的金库之门。

《芝麻与百合》第二讲　百合装点王后的花园

　　"你很高兴，哦，饥渴的沙漠；

　　愿旷野使人快乐，如百合花开放；

　　在约旦的荒芜之地，木头野蛮杂生。"

　　　　　　　　　　　　——《以赛亚35，第1段》

　　　　　　　　　　　　　　　　（《圣经旧约》）

或许这篇讲稿①可以视为前一篇讲稿的续篇，我会简明扼要地向大家阐述一下这两篇讲稿的主要意图。前篇讲稿着重提出的问题是如何阅读和阅读什么书。进一步提出一个更深层次的问题，那就是为什么要阅读，也就是我在这篇讲稿中努力让你们知晓的。我希望你们能有同样的认识：目前，我们在教育和文学的普及中拥有何种优势，只有当我们明白教育的未来发展方向，以及文学带给我们的启示之时，我们才能够更好地利用它们。我希望你们能够认识到，良好的道德训练和精心选择的阅读，最终会引导人们拥有一种力量，超越一切迷惘与无知。从真正意义上说，"王者的风范"是衡量它们的主要依据；而"王者风范"是指在人类中真正拥有纯粹王者气质的人所具有的姿态。至于说到其他的王者风范（姑且不管他戴有何种勋章或者拥有何种权力），要么是幽灵，要么就是暴君。所谓"幽灵"外表只有一副架子支撑，如影子般的皇家风姿，内心却如同死人一般空洞，不过是一个"戴着王冠的表象"罢了；所谓"暴君"，意指用个人意志代替公正的仁爱法则，而这恰恰是那些真正国王所信奉的治国的黄金法则。

接下来，我想再次重申，因为我想把这个想法留给你们，我以它开始，也将以一种纯粹的王者风范结束，一种无与伦比、始终未变的王者风范，与是否加冕无关。"王者风范"就字面意义而言，也就是比其他国家具有更强大的道德状态和更真实的思想状态，因此，使你有能力引导或提升它们。请注意"状态"一词，我们常用一种随意的方式来使用它。字面意思就是指一件事物所具有的持续性和稳定性，此外，你们会在其衍生词"塑像"——"不可移动的物体"

---

① 这个讲座是于 1864 年 12 月 14 日曼彻斯特的市政厅，为圣安德鲁的学校提供帮助时所写。

中感受到其全部的力量。于是，国王权威或"地位"，以及他的王国的权利被称为"state"——国家，这取决于以下"不动"的两个意义：一是公正无私、没有偏袒；二是一言九鼎，建立在永恒的法律基础上，任何东西都不能改变，也不能推翻。

请相信，只要他们倾向于保持平静和仁慈，进而达到王者风范的力量，那么所有的文学和教育都是有一定作用的。首先，这一力量源于我们自身，再以此为媒介，惠及我们周围所有的人。现在，我要请你们同我进一步考虑这一问题：在贵族教育的皇权中，哪一特殊部分或类型可能被女性所占有？而且在多大程度上她们可以拥有一种称之为"王后"的权力？不仅仅是在她们的家庭内部，也包括她们的全部活动范围。从某种意义上说，如果她们被正确地理解并行使了这种高贵或优雅的影响力，那么这种亲切的力量所引起的秩序和美丽，足以证实她们每一个人所拥有和支配的领地——名为"王后的花园"——是实至名归的。

现在，从一开始，我们就遇到了一个更深刻的问题，尽管这个问题在我们许多人看来仍然很奇怪，尽管它具有无限的重要性。

只有对她们拥有的普通力量所指达成一致，我们才能确定女性的权力应该是什么，也只有我们对她们真正的职责是什么达成一致，我们才能考虑教育如何使她们承担更多的职责。这一问题，对所有的社会幸福都至关重要。至于女性本质与男子气概的关系，两者之间智慧与道德的差异，似乎从来没有一个公认的衡量标准。我们听说过女性的使命和权利，就好像这些都可以与男性的使命和权利分开。好像她和她的主人是两种独立的物种，是不可调和的要求。这种说法是错误的，而错误的程度不止这些，甚至有可能是更加愚蠢的错误（因为我希望我能进一步证明这一问题）——认为女性不过是其丈夫的影子和随从，毫无主见，卑微臣服，用她的柔弱之躯支撑着其丈夫卓越的毅力。我要说的是，这是所有的错误中最愚蠢的错误，因为她被认为是男性的帮手，就像他被一个影子或者被一个奴隶有效地帮助着。

首先让我们试一试，就男性所拥有的权力和地位，女性所持有的思想和美德而言，我们是否能得到一个清晰而唯一的共识（如果这是真的，那一定是和谐的），以及男性与女性之间的关系及如何提升二者的热情、荣誉和权威。

现在，我必须重申一件我在上篇讲座里说过的事：即教育的首要作用就是使我们能够与最聪明、最伟大的先贤们在所有急需解决的问题上进行磋商。

正确地使用书籍，就是去寻求它们的帮助。当我们自己的知识匮乏和思维能力枯竭之时，我们就可以唤醒它们。它们把我们带到我们自己更广阔的视野中，受到它们的教诲，获取有史以来考虑全面的判断和评论，使我们得以克服自身那些狭隘而又左右摇摆不定的观点。

现在让我们来做这件事。让我们看看历史上各个时期最伟大、最聪明、心理最为纯洁的学者们是否能够在下面这一观点上形成一致的看法，让我们听听他们留下的有关女性的真正尊严及她对男性帮助方面的言论。

首先，让我们看看莎士比亚的观点。

请大家注意，莎士比亚的作品中几乎没有男主人公——他只关注女主人公。在他的所有戏剧作品中，几乎没有一个完整的男主人公，除了对亨利五世的简单描写，主要是为了舞台效果进行了夸大处理；另一个例外就是《维洛那二绅士》中那个微不足道的瓦伦丁。在他那些努力创作、近乎完美的剧作中，你几乎找不到一个男性英雄。要不是因为性格单纯而成为卑鄙行径的牺牲品，奥赛罗本可以算作一个英雄人物，但他只能算作唯一一个近乎英雄人物的例子；科里奥兰纳斯、凯撒大帝、安东尼三人虽然强大有力但是有些性格缺陷，终因自负而巨星陨落；哈姆雷特好逸恶劳，优柔寡断，生性多疑，行为鲁莽；罗密欧是一个急躁不安、缺乏耐心的大男孩；威尼斯商人终日萎靡不振，最后屈服于厄运；《李尔王》中的肯特，有一颗完全高贵的心灵，却过于粗俗鲁莽，关键时刻难当大任，最后只能沦落为平庸的仆人；奥兰多虽然也很高尚，但最后受到命运的捉弄，终日被罗瑟琳跟随。然而，在莎士比亚的剧作中，几乎每场戏都塑造了一个完美的女性形象，她们坚定而充满希望，克服困难，实现人生目标：科德丽娅、黛丝德蒙娜、伊莎贝拉、赫尔迈厄尼、伊莫金、凯瑟琳女王、佩蒂塔、希尔维娅、维奥拉、罗瑟琳、海伦娜，还有最后、或许是最可爱的一个——维吉利，全都完美无瑕。

接下来，我们可以了解到，每部戏剧中的灾难都是由一个男性人物的愚蠢或错误引起的。如果有的灾难或者罪恶多由一个女性人物的智慧和美德所救赎，结局往往是皆大欢喜。李尔王的悲剧在于他缺乏判断力，过于急躁，虚荣心强以及对子女的不信任。如果他没把他的小女儿从自己身边赶走，她的美德和意志力会使他免于受到其他人的伤害，尽管如此，这个女儿还是救了他。

至于奥赛罗，此处我不赘述故事大意了。因博爱造成他性格上的软弱，过于敏感而缺少敏锐的理解力，以致剧中的二号女主角艾米莉亚在他的错误中死去，死前还不断批判他所犯下的错误：

"哦，这凶残的花花公子！这个傻瓜应该怎么做，
才能配得上他那么好的妻子呢？"

在《罗密欧与朱丽叶》中，聪明勇敢的妻子因自己丈夫的鲁莽

急躁而丧失性命。在《冬天的故事》和《辛白林》中，两个幸福的皇室家庭，几乎被丈夫的愚蠢和固执弄得家破人亡，在漫长的岁月中备受煎熬，最终被妻子们王后般特有的耐心和智慧所拯救。在《以牙还牙》中，法官的徇私枉法、兄弟的邪恶懦弱与女性的坚持真理、坚贞不屈形成了鲜明的对比。在《科里奥兰纳斯》中，母亲的及时忠告把她的儿子从所有的邪恶中拯救出来，实际上并非使他免于死亡，而是从死亡的诅咒中拯救了他的国家。

我该怎么说呢？是说朱丽叶，她常常批评恋爱中的男人变化无常，只不过像个放任的孩子？海伦娜，常常批评年轻人鲁莽和无礼？还是说那个"未受过教育的"女孩像一个温柔的天使，出现在无助者、失明者、报复性的激情男人中，只要她一出现就带来勇气和安全，用女人最容易被认为失败的精确和准确的思想来击败最糟糕的犯罪？

进一步观察我们可以发现，在莎士比亚戏剧所有的主要人物中，只有一个软弱的女性奥菲利娅。这是因为她在关键时刻令哈姆雷特很是失望，而且在哈姆雷特最需要她的时候，她在本性上不能也不可能成为他的心灵向导，最终所有的痛苦和灾难都随之而来。最后，虽然在最主要的人物里还有三个邪恶的女性——麦克白夫人、里根和高纳里尔，但她们都被认为是违背普通的生活规律和法则的可怕例外；致命的影响力与她们所放弃的善的力量成正比。

从广义上来说，这就是莎士比亚对女性在人生中的地位和角色的证明和表述。他把她们塑造成绝对忠诚和无比睿智的顾问——刚正不阿与纯洁无瑕的典范，即使她们不能拯救别人，但也永远是坚强而圣洁的。

在对人性认识过程中没有什么更睿智的方式可比较，对命运的成因和命运的理解都不那么清楚，但是关于现代社会中普遍存在的思维状态和模式，作家为我们打开了最广阔的视野。接下来，我请你们见证一下沃尔特·斯科特的睿智。

我暂且把他那毫无价值的纯粹浪漫的散文作品放在一旁，尽管早期的浪漫主义诗歌很优美，但它的观点没有什么分量，不过是些孩子般的理想。但是研究斯科特的生平，我们可以看出，他的作品还是有真知灼见的。而这一系列真知灼见体现在三个英雄人物身上，① 即邓迪·丹蒙特、罗比·罗伊和克拉弗豪斯。他们中，一个是边境农场主，一个是强盗，第三个是不靠谱的士兵。只有他们的勇气和信念与一种强大的尚未被开发的，或错误应用的智力力量相结合时，这些才会触及英雄主义的理想。同时，他们三个年轻男子还是不可思议的命运手中极具绅士风度的玩物，只有靠命运（或意外），他们才能生存下去，但无法征服身不由己忍受的考验。任何受过训练、始终如一的人物，都认真地对待理智思考下的远大目标，坚决地处理各种形式的敌意邪恶；他们绝对地接受命运的挑战，毅然地屈服于命运的安排，除此之外，我们找不到他关于男性的更多观念。而在他对女性的想象中，弗罗拉·马克伊沃尔、艾伦·道格拉斯、罗斯·布拉德瓦尔丁、凯瑟琳·塞顿、迪娅娜·沃农、莉丽娅·莱德冈特雷、爱丽丝·布雷德诺斯、爱丽丝·李及珍妮·迪恩等这些女性，具有无尽的优雅、温柔和智慧的力量，我们从中找到了一种绝对可靠、不可避免的尊严和正义感，一种无所畏惧的、坚持不懈的自我牺牲，甚至是责任的出现，更重要的是它的实际主张，

---

① 为了让人充分理解这一论断，我本应该注意到在瓦韦利小说中削弱男性其他伟大理想性格的各种各样的弱点——雷德高思勒自私和狭隘的思想，爱德华·格伦迪宁在宗教上的热情，等等；我也本应该注意到，在背景知识中几个被勾勒得非常完美的人物：三个让我们愉快地接受士兵礼节的英国军官：加德纳上校、塔尔博特上校和曼纳林上校。

最终是一种非常克制的情感转化成的智慧，它可以无限地保护它的对象不受一时错误的影响。它逐渐形成和赋予了那些不值得爱的男人们的个性，并使其得到提升，直到在故事的结尾，我们只是能够，而且不再需要耐心倾听他们讲述自己成功的故事了。

正是出于这一原因，在斯科特和莎士比亚的作品中，是女性在照顾、教育、引导着年轻人；在任何时候，这些年轻人都不可能照顾或者教育他们的爱人。

接下来，我们将用更简短、更严肃的例证说明伟大的意大利人和希腊人的观点。你一定熟知但丁的伟大诗篇的写作意图，那是他写给他死去妻子的一首情诗，一首为她守护作者灵魂而献给她的赞歌。虽然她只是出于怜悯而不是爱，她却把他从毁灭中拯救出来，把他从地狱中拯救出来。他在绝望之中走向歧途，她从天而降赶来相助，在飞升天堂的过程中又成为他的老师，向他解释人神最深奥的真理，引导他排除一个又一个非难，飞跃一个又一个星球。

我不是支持但丁的观念，只是一旦开始，便一发不可收拾。除此之外，你们也可能会认为这是一个诗人内心疯狂的想象。因此，我更愿意给你们读一段关于一个比萨骑士特意写给他的妻子的诗歌。该诗向我们完整地显示了十三世纪或者十四世纪初的所有最高贵的男性情感特征，并与许多其他的有关骑士荣誉和爱情的作品一道保存下来，同时也是一首但丁·罗赛蒂从早期的意大利诗人作品中收集来的。

"瞧！法律已经通过，

我的爱你应明了，

为你效命，给你荣耀，

我说到做到，满心欢喜，

甘愿为你效劳。

我几乎欣喜若狂，
从此下定这样的决心，
为你的出类拔萃绽放快乐之花。
似乎任何事情都不会引起
某种痛苦或遗憾，
我的每一个想法和感觉驻于你心。
思忖着遍布你全身的美德，
犹如泉水喷涌不止，
你的天赋中智慧最为有效，
荣誉也毫一例外。
为此天下仁君独居各处地，
实现你状态的完美。

女士，因为在我心中，
你让我心旷神怡，
我的生命为此分成
明亮的光辉和永恒的真理。
直到那个时候，说老实话，
我在黑暗之地的阴影中摸索着，
在每时每刻，
难有美好回忆。
但是此时我情愿是你的奴隶，
周身充满快乐与安逸，
原本我是一个野蛮兽性的男子，

是你造就了我，并因你的爱得以生存。

你们或许会想，一个希腊骑士可能会比他的基督教同伴更加低估女性的能力。他对她们精神上的服从实际上并不是绝对的。至于她们自己的个性，只是因为你不可能如此轻易地跟着我的思路，所以我不会因为希腊女性的例证而不再谈论莎士比亚作品中的女性形象。上文所述例子，刻画了最理想的人类美丽和信仰，同时也代表了安德洛玛克城母亲和妻子们的朴实心灵；卡珊德拉神圣却被遗弃的智慧；快乐的瑙西卡顽皮善良和单纯的公主生活；一直守望大海的珀涅罗珀家庭主妇般的平静生活；安提戈涅长久以来的耐心、无所畏惧及因无望而对姐妹和女儿的忠实虔诚；伊菲琴尼亚羔羊般的温顺和沉默的顺从；最后是阿尔克提斯对复活的期望，她为了拯救她的丈夫，经历了死亡的痛苦，最后她安详地离开人世。

现在，如果我有时间的话，我可以举出更多类似的例证。我以乔叟为例，向你们说明为什么他写的是《好女人传奇》，而不是《好男女人传奇》。我还要以斯宾塞为例，向你们展示他的神话故事中，所有的骑士是如何有时被欺骗，有时被征服的；但是，乌娜的灵魂从未被玷污，而布里托马特的长矛也从未被折断。不，我可以追溯到最古老的神话教义中，向你们展示伟人是如何借助某个公主的力量规定地球万物的立法者应该受教育，而不是借助自己的同类的能量；那些伟大的埃及人，最聪明的民族，如何将智慧和启示的神灵赋予了女性形象，而她手中的象征物是织布工的梭子，以及这个神灵的名字和形象是如何被希腊人所接受、相信和服从，又是如何变成了那个头戴橄榄枝、手拿神盾埃癸斯的雅典娜的。直到今天，人们仍然把艺术上、文学上或民族美德中所持有的最珍贵的东西与雅典娜联系在一起。

　　但是我不想在这个遥远而神秘的元素上面耗费时间，我只要求你们能够给予上述例子中的这些伟大诗人和世界伟人以合理正确的评价，正如你们所看到的，与前面的观点保持一致。我要问你们这些人，能不能得出这样的假设，前面作品中提到过的那些男性形象，通过作家之笔要表达一种自娱自乐的生活态度，对男女之间的关系表达一种虚构和懒散的看法；不，一种比虚构或懒散更糟糕的看法。如果可能的话，一件事物可能是人们虚构的，但却是值得向往的。但是根据我们对婚姻关系的普遍看法，男性总是更聪明些，他是思想者、统治者，和权力一样，在知识和判断力上更甚于女性。

　　难道我们为此下定决心还不是很重要吗？是这些伟人错了呢，还是我们错了？难道莎士比亚和埃斯库罗斯、但丁和荷马只是让我们看他们给玩偶穿上衣服，或者比玩偶更糟糕——非自然的幻想变成现实，会使所有的家庭陷入混乱状态，并破坏所有的情感吗？不，如果你能这样想，那就把由人类内心深处所赋予的事实证据拿出来看看吧。在以纯洁或进步为主要特征的基督教时代，曾经有过男性爱人对自己的妻子或爱人表现出忠诚的爱恋和绝对的服从这样的例子。我说的"服从"不仅仅是指想象中的热情和崇拜，也指完全服从于心爱的女人，无论女人多么年轻，他不仅乐于听到她的鼓励、赞扬，得到所有辛劳的回报，而且对于开放性的问题，或者难以抉择的问题，都可以从她那里得到"指导"。战争中的残酷，和平的不公正，国内关系的腐败和不光彩事件主要归咎于对那种骑士精神的滥用和亵渎，我们应该用忠诚、法律和爱情来捍卫其最初的纯洁和力量。我要说的是，在它最初的尊贵生活观念中，那种骑士精神是年轻的骑士们要绝对服从的，甚至要服从那些夫人们反复无常的命令。因为它的主人们最清楚，拥有一颗骑士之心的第一和必要的动力是对其夫人们盲目的效忠。没有真正的信仰和束缚，有的是任性和邪恶的激情。这种对他年轻的爱情的狂热服从，是所有男性力量的圣化，也是他们所有目的的延续。不是因为这样的服从是安全而光荣的（因为有人曾经被认为是不值得的），而是因为对每一个高贵的年轻人来说，这一切都是不可能的。同样，对每一个经过良好训练的年轻人来说，去爱一个不信任他的温和的忠告人，或者去爱一个对他的虔诚命令的服从犹豫不决的人，都是不可能。

我并不想为此继续讨论下去，因为我认为你们应该凭借你们对此类事情的发展的感觉加以评价。你不能认为妻子亲手为自己的骑士丈夫扣上铠甲的扣带仅仅是一种追求浪漫的反复无常之举。这是一种永恒的真理——如果女人们不亲手扣紧铠甲扣带，丈夫心灵的铠甲就永远不会牢固；如果她没有扣紧铠甲，丈夫就会失去男子气概及其荣耀。你们还不是很熟悉那些爱情诗句——我希望英国所有的年轻女性都能熟知这些诗句。

> "啊，无用的女人——或许是她
>
> 在自我定价，
>
> 明知他除了支付别无选择——
>
> 她怎能贬低天堂！
>
> 她的无价天资怎能一文不值，
>
> 面包怎能变质，美酒何以被泼洒，
>
> 适度勤俭，以此度日，
>
> 造就男人要么是野兽，要么是神圣。"①

---

① 考文垂·帕特莫尔。你不能经常读或太仔细地阅读他的诗作。据我所知，他是唯一一个不断提升情操和净化心灵的在世诗人。其他的人有时使想象力模糊，几乎总是压抑和阻碍想象力。

因此，我相信你们将会接受这种爱恋的关系。但是我们经常怀疑的是维持这种关系在整个人类生活中的延续是否合理。我们认为这种关系适用于在恋人之间而不是夫妻之间。也就是说，我们所认为的一种虔诚的、脆弱的义务产生于我们怀疑他的感情，而对其性格知之甚少，甚至一无所知。当这种感情完全、无限地属于我们自己的时候，对其性格慢慢体验并逐渐接受，不再害怕将我们一生的幸福托付给他时，这种尊敬和义务就可以慢慢消退。难道你不知道这是多么不光彩，多么不合理吗？难道你们不觉得婚姻——在确立婚姻关系时，只是一种标志，将曾经的海誓山盟过渡到不知疲倦的相守相依，将邂逅相逢的爱情变成生死永恒的爱情？

但是，你会问，这种女性的指导作用的观点如何与一个真正妻子的服从观念协调统一呢？简单地说，它是一种指导性的而不是一种决定性的作用。让我详尽地向你们展示一下这些力量是如何正确地区分的。

当我们提及一种性别优越于另一种性别时，我们是很愚蠢的，每种性别都有另一种性别不具备的优势，相互补充完整。他们彼此都不相同，但彼此的幸福和完美都依赖于对方的请求、接受和奉献。

现在简要说明一下他们各自独立的人格特点：男性的力量是主动的、进取的、防御的。他是杰出的实干家、创造者、发现者，守卫者。他的智慧是为了思考和发明；他的精力是为了来冒险、战争和征服，无论战争是否公正，征服是否必要。相反，女性的力量是为了统治，而不是为了战斗；她的智慧不是为了发明或创造，而是为了甜美的秩序、安排和决定。她关注事物的本质和地位。她会赞美。她没有参加任何竞争，但却能绝对无误地评判比赛的冠军。仅凭她的职责和地位，她就可以免于任何危险和诱惑。而在大千世界辛苦劳作的男性，必须面对所有的危险和考验。因此，对他来说，必须面对失败、进攻，犯不可避免的错误；他必定经常受伤，经常被征服，经常被误导，永远冷酷无情。然而他保护着女性免遭他所遭遇的一切，在他的房子里，男性甘于她的统治，除非她自寻烦恼，否则那些危险、诱惑、错误或冒犯都会远离她。这是家庭的真正本质，它是和睦温馨的地方，是远离所有的伤害、所有的恐惧、怀疑和分离的庇护所。如果不是这样，就不是真正的家。如果你的外在生活的焦虑渗透其中，而不一致的、不为人知的、不受尊敬的，或敌对的外部世界的思想都被丈夫或妻子接受而进入家门，那么家就不再是家了。只要它还是一个神圣的地方，一座纯洁、被家庭守护神所守护的神庙，只有那些具有仁爱之心的人才能进入；只要它不辜负自己的名字，就实现了其家庭的职责。

一个真正的妻子无论生活在哪里，哪里就有家的感觉。也许她风餐露宿，满天的繁星是她的屋顶，寒夜草丛中的萤火虫是她脚边唯一的灯光，但是无论她走到哪里，家就会跟到哪里。对于一个高尚的女人来说，家的范围在她的周围无限延伸，比起那以雪松木做屋顶、用朱砂涂漆的房屋来说，更好的家是能给那些无家可归者以安静光明的地方。

那么，我相信，这就是女人的真实地位和权力。难道你们不明白吗？只要她统治一切，一切都是正确的，否则一切皆空。她必须持久保持不受任何外来影响的善良，必须本能地具有智慧——这种智慧不是为了自我发展，而是为了自我放弃。这种智慧，并不是说她可以把自己凌驾于她的丈夫之上，而是她可能永远不会从他的身边失去地位；这种智慧，不是因为狭隘或无爱的傲慢，而是因为无限的变化和激情的温柔，因为她的智慧适用于不同场合，谦逊得体，这才是女人真正的变化，并被赋予了一种伟大的寓意：不，不是"像树荫那样变幻多端，像月光那样光影婆娑"，而是像光一样在公平和宁静中变幻无穷，多姿多彩，上下飞舞。

　　到目前为止，我一直在努力向你们展示女性应该拥有的地位和权利。接下来，我就要问第二个问题，女性应该接受怎样的教育达到上述目标呢？如果你真的认为这是她的职责和尊严的真实观念，那么寻找一种最适合女性教育的模式也就不是很困难了。

　　但凡有思想的人都深信不疑，对女性来说，我们的首要职责就是对她进行形体训练，这样不仅可以确保她的健康，也可以完善她的美丽；反之，如果她不加强锻炼，没有健康的体魄，就很难达到美的最高境界。

　　我说过，为了完善她的美丽，就要提升她的力量，但是也不能过于强烈，也不能将它的神圣之光照得太远；只要记住，没有相应的心灵自由，只有身体自由很难创造出美感。下面仍然是杰出诗人但丁的两段诗句。在我看来，他的与众不同之处，不在于表现力，而在于精选的"贴切"——寥寥几句就可以为你描绘出女性美丽的完美状态。我要朗诵一下全诗的引子部分，希望你们特别注意最后一段：

>　　"三年来她沐浴着阳光雨露，
>　　大自然说，地球上从未播种过
>　　比这更可爱的花。
>　　我要亲自把这个孩子带走，
>　　她将属于我，我将使她
>　　成为我的夫人。
>
>　　我对我的心爱之人
>　　既理性又冲动，和我一起的

那个女孩，漫游在山间与原野，
在大地和天空，小憩于林间空地和凉亭，
感觉登高远眺之力，
时而鼓舞，时而压抑。

飘浮的云朵千姿百态
为她用，柳树折腰等其摘，
这次她看得明明白白，
即使狂风暴雨铺天盖地，
善良可以丰盈少女的美丽纤体，
有安静的同情心相伴。

而生机勃勃的快乐情感
令她庄严成长，
她含苞待放，娇艳欲滴。
我给露茜这样思想，
与我相守终身，
在这快乐的梦境。"①

请注意"生机勃勃的快乐情感"这句话。自然的生命都是生机勃勃的，也是每一个生命不可或缺的。

而如果要生机勃勃，那么必须是快乐的感觉。如果你不能让一位女孩高兴起来，怎能指望她可以变得可爱？你们无法压抑一位好女孩的天性，你们也无法检验她在爱情或努力中的本能，这些本不

---

① 注意，这是"大自然"在说话，我和"她"生活在一起。

应在她的脸上留下痛苦的不可磨灭的烙印。因为它不仅会带走少女纯真眼神中的光芒，也会带走眉宇间流出的美德魅力。

这一切都是为手段和方法服务。现在让我们看看这首诗的结尾，诗人在两行诗中对女性之美进行了完美地描述——

　　"一张美丽的脸庞，是我梦见的

　　如甜美的回忆，同样甜蜜的承诺。"

女性面容展现出的完美可爱体现在那庄严静好岁月之中，建立在幸福而充实岁月的记忆里，充满了甜蜜的回忆，与幼稚相结合。这幼稚中仍然充满了变化与承诺——始终是开放的——又立刻变得谦逊而快乐，对即将赢得或被赠予的更好的事物充满希望。只要还有诺言存在，容颜就不会老去。

因此，你首先要塑造她的体态，然后，她所获得的力量将允许你，用一切知识和思想来填充和调和她的思想，这些知识和思想往往会证实她公正的自然本性，并完善那自然得体的爱。

所有这些知识都应该给予她，使她得以理解，甚至助男性成就事业。然而应当传授给她的，并非只有知识本身，或者对她来说可能是她了解的主要目标，而应该让她去感觉，去判断。不管她会说几种语言，作为一种自我的骄傲或完善，都与时间无关；但是极为重要的是，她应该能够对陌生人表现出善意，并去理解陌生人语言的美妙之意。对她自己的价值或尊严来说，她熟悉这门学科或那门学科也都与时间无关；至关重要的是，她应该接受准确思维的训练，她应该理解自然法则的意义、其必然性和魅力所在，她要走一条最科学的路——只有最聪明最勇敢的人才能到达那里，永远拥有自己的童年时代，在无边的海岸上捡鹅卵石。对她而言，她记住多少个城市的位置，记住多少历史事件的日期，或者记住多少名人的名字似乎无关紧要——教育的目的不是把女人塑造成百科辞典；她应该被教会用她的方法进入她所阅读的历史当中，用她自己与众不同的想象力对所读内容进行描绘，用她敏锐的直觉来理解那些凄婉的故事情节和戏剧性的人物关系。而这些正是历史学家缺少的。对那段历史而言，她应该被教导去扩展她的同情心，在她平静的生活岁月中增添些许快乐。如果她终日沉湎于那些无法看见的真实的痛苦之中，她应该锻炼自己，想象那将会对她的思想和行为产生什么样的影响。她还要理解她生活和爱的那个小世界里有一部分是荒原，对此不要与别人作比较。她还应当抱着严肃的态度学会为了实现自己的目标而努力奋斗。

我想，到目前为止，我已经与你们达成了一致，也许你不会认为，我所相信的就是我最需要讲出来的。对女性来说，有一种危险的科学，这种科学让她们意识到人们如何亵渎了神学。非常奇怪的是，她们过分谦虚而开始怀疑自身能力，在科学殿堂门口进退两难。她们会不顾及自身的无能为力一头扎进那个伟人都为之战栗、智者都会犯错的科学领域，真有一种苦涩之感。无论多么傲慢、狂妄，或不解，她们都沾沾自喜、高傲自大地将这些与神捆绑在一起，这也同样令人感到奇怪。她们生来惹人怜爱，知道自己哪里最无知，先是自我谴责，然后与人分享，这也让人感到很是奇怪。最后，更令人奇怪的是，她们竟然认为这是上天的旨意。结果，她们的丈夫必须马上离开，以免女人们冲他们尖叫而导致情绪失控。

我认为女性的教育在课程和学习资料上应当与男性的教育一样，但在教学方法上要完全不同。任何社会阶层的女性都应该知道她的丈夫的喜好，但要以不同的方式去了解。他是家庭的统帅作用应该是基础性的，而且是持续性的；而她的任务则是妥善处理一般的家庭琐事。男性更明智的做法是用女性的方式来学习目前有用的事物，并在这样的研究中寻求自律，训练他们的心智，以便日后更好地服务社会。从广义上说，男性应该全面掌握他所学习的任何语言或科学，女性也应该如此，只有这样才能使她在与丈夫和好朋友相处中找到共同语言，产生共鸣。

女性能精确地达到她所能及的程度。基本知识和肤浅知识之间有很大的区别，牢固的开始和不确定的尝试也大相径庭。女性总是用她所知道的东西辅助她的丈夫；如果她对知识一知半解或者一无所知，她就只能帮倒忙了。

事实上，如果女性和男性的教育确实有什么不同的话，我应该说，女性应该比男性更早地接受教育，因为在理解比较有深度和严肃的课程上，她的智力成熟得更快。此外，还要让她保持一个高尚而纯洁的思想。我现在不打算为女性推荐任何书籍，只要保证当那些书从图书馆的书架上掉落时不会绊她的脚，不会给她留下任何愚蠢之泉所溅的印记就可以了。

考虑到阅读小说的痛苦诱惑，我们应该害怕的不是小说的坏处，而是由于阅读小说产生的过度兴趣。最肤浅的浪漫文学不比最低级的宗教励志文学愚蠢，最低劣的浪漫文学不比虚假的历史读物、虚假的哲学作品或虚假的政治文章腐蚀更多人的灵魂。但是，最好的浪漫文学却非常危险，如果因为阅读作品容易使人进入兴奋状态，这会使原本平淡的生活变得更加无趣，并且读者对那些我们永远都不会见到的毫无用处的场景产生病态的渴望。

因此，我只谈论优秀的小说，我们的现代文学中这类小说尤其多产。实际上，如果能够精读这些小说，读者会受益匪浅，其作用不亚于关于道德解剖学和化学的专著，其主要构成要素是对人性的研究。但我对这一功能并不重视：人们几乎没有认真阅读过它们以实现这项研究的目标。通常它们最大的作用就是在某种程度上让善良的读者更富有同情心，或者让心怀恶意的读者内心更加痛苦，因为每个人都将从小说中获取自己所需的精神食粮。那些天性骄傲和愿意嫉妒的人会从萨克雷小说中看到对人类的蔑视；那些天生温柔的人看到的是人们之间的怜悯和同情；而那些天生肤浅之人看到的是嘲笑。因此，小说中也可能有一种可以使用的力量，将一个我们很久以来就模糊不清的人生哲理生动形象地展现在我们面前，但是他独特的叙事方式充满诱惑力，以至于通常最好的小说家都无法抗拒这种诱惑。我们的视野被带入一种如此片面和暴力的场景之中，以至于小说的生命力对读者不是一种慰藉，而是一种伤害。

然而，我不想去尝试做任何关于阅读量的决定，我至少可以明确地断言，无论我们阅读小说、诗歌或历史著作，都应该有选择性地阅读，不是因为它们免于邪恶的影响，而是因为它们拥有美好的东西。书中带有的某些邪恶对于一个内心高尚的女孩没有任何伤害；相反，作家的空虚令她感到压抑，而他那和蔼可亲的愚蠢会使她感到堕落。如果她能接触到一个藏有古老经典书籍的图书馆，那就不需要选择了。让你们的女儿不再阅读那些现代杂志和小说，在每一个潮湿多雨的日子里，带她到那间古老的图书馆，让她一个人去阅读。她会发现对她有益处的书籍，而你却不能帮她做到。正因如此，在性格塑造上，男孩和女孩之间存在着这样的差异——就像雕塑一块石头一样，你可以把一个男孩塑造成才或者敲打成才，如果他是一个天性具有良好素质的人，你就会像得到一块青铜制品。但是，你不能这样来塑造女孩的性格。她像花一样茁壮成长，如果让她见不到阳光，她就会慢慢枯萎；如果不给她足够的空气，她就会像水仙花那样慢慢凋谢；如果在她的生命当中某些时刻你不去帮助她，她可能会跌倒，她的头在尘埃里被玷污。但是不管怎么样，你不能去束缚她；她必须按照自己的意志生活、成长，如果她可以找到身心和谐一致的生活方式，那一定就是——

"她在家中的举动轻盈而又自由，
听她那少女般冒失的脚步声。"

我刚说过，让她自己待在图书馆里，就像你把小鹿放养在田野里一样，它辨别有害健康杂草的能力是你的二十倍，当然包括那些有益健康的杂草。为了有助于身体健康，它也会吃一些苦的、多刺的野草，而你从未想过野草还会有什么好处。

然后，在艺术上，把最好的模特摆在她面前，让她看清，使她能明白理解一件作品要比创作一件作品更重要。我所说最好的模特是指最真实、最简单、最有用的事物。注意这三个表述词语，它们将涵盖所有的艺术。它们在音乐领域也是适用的。这里我说的最真实的，指的是音符最紧密、最忠实地表达了每个词语的意思，或者是情感的特性；其次，这里最简单的，是指用最少和最重要的音符来表达含义和旋律；最后，最有用的，是音乐可以让最优秀的歌词变成最华美的乐章，在我们的记忆中，每个词都因自身优美的音律而令人陶醉，并在我们需要它们的那一刻，最贴近我们的心灵。

此外，不仅在教学资料和课程设置上，而且是本着教育的精神，让女性和男性接受平等的教育。你把你的女儿们抚养成人，就好像她们是餐具装饰一样，然后你又抱怨她们的轻浮。应该给她们与兄弟们同样的有利条件去培养她们的美德，还要教导她们，勇气和真理是她们为人处世的立足之本。尽管她们现在勇敢而真诚，当你知道在这个基督教国家几乎没有一所女孩学校时，你还会无视吗？在这个国家里，孩子们的勇气和真诚远比不上他们走进门的举止一半的重要。作为一种她们赖以生存的方式，整个社会体制就是一个怯懦和欺诈的腐烂瘟疫——怯懦，就是不敢让她们去生活，或者去爱，除非他们的邻居来选择；欺诈，则是为了满足自己的骄傲，把世界上最糟糕的虚荣呈现在一个女孩面前。难道她未来的全部幸福都取决于她尚存的一点点清醒吗？

最后，不但要给她们最好的教育方法，还要给她们选择最高尚的老师。在你送你的儿子上学之前，你可能需要考虑一下，他的老师是什么样的人。无论他是什么样的人，你至少要让他对你的儿子行使绝对的权威，并且你自己也要对他表现出一些尊敬。如果邀请他来与你共进晚餐，你不会把他置于客位。

但是，你会给你的女儿聘请什么样的老师呢？你对你所选的老师要表现出怎样的尊敬呢？一个女孩可能会认为她的行为，或者她自己的智慧是非常重要的。但是当你在培养她的性格、道德和智慧时，你把此重任交给一个得到的尊敬连你的管家仆人都比不上的人（好像你孩子的心灵都不如果酱和杂货值钱），合适吗？

因此，文学带给她帮助，艺术也带给她帮助，还有一种帮助是我们无法做到的、来自外界的帮助——有时它所起的作用要比其他所有的影响力都要大——这就是来自狂野而又公平的大自然的帮助。我们听听有关圣女贞德接受教育的故事吧：

> "根据现在的标准，这个可怜女孩的教育是卑贱的，对我们这个时代来说是不合适的，也是不可能实现的。

> 除了她的精神优势，最主要的是她的自身生长环境的优势。多莫雷米泉位于一片无边无际的森林边缘。在某种程度上，用童话故事来烘托一下它的神秘：教区牧师每年都须在那里做一次弥撒，以保证他们体面地完成了这项工作。

多莫雷米森林——那是大地的精华和荣耀之所在，因为在那里有着很多修道院，就像辛多诺的摩尔人的庙宇一样，在都兰和德国议会中有着高贵的权力，在晨祷或晚祷时，清脆悦耳的铃声穿过茂密的森林，传入众多会区人们的耳朵中，而每个会区都有自己的梦幻般的传说。这些修道院分布很广，所以不能扰乱这片土地的宁静和孤独。然而修道院的数量也足够多，足够编织一张基督教圣洁与尊严的大网，将基督教的神圣播撒到另一片荒野上。"①

现在，你不可能在英国找到一片方圆三十千米的树林，但是，如果你想保留住这些神话，你还是能够做到的。但是您"真的"愿意吗？假设你们每个人的房子后面都有一个足够大的花园可以让孩子们在里面玩耍，有一片草坪有足够的空间让他们在里面跑步，你不想改变一下你的住所吗？你可以在自己的草坪中间挖一个煤井，把花坛变成堆积焦炭的仓库，然后你的收入就两倍、四倍地增长。你会选择这样做吗？我希望你不会。我可以告诉你，如果你这样做了，你就错了，尽管它给你带来的收入是六十倍，而不是四倍。

然而，这就是现在你和所有英国人一起做的事情。整个国家不过是一个小花园，如果你让孩子们都跑到草坪上去，那么草坪就显得太狭小了。如果你要把它变成一个熔炉，里面装满煤渣，那你的孩子们会为此而痛苦不堪。因为神话永远不会被人们从思想中驱逐。作为熔炉和森林的神话故事里面的精灵，它们送给人们的第一份礼物似乎是"勇士的利剑"，而他们送来的最后的礼物是"罗腾木的炭火"。

---

① "《圣女贞德》：参见 M. 米什莱的《法国历史》。"见德·昆西的作品，第三卷，第217页。

　　尽管我对这个问题有太多感受，但是我不想将这样的情感强加于你。因为在我们拥有大自然的时候，我们并没有利用好自然的力量，所以我们几乎不会感觉到我们所失去的一切。就在默西的对岸，你们拥有自己的斯诺登山和自己的梅奈海峡，在安格尔西的荒原上，巨大的花岗岩石绵延不绝，在荒野深处赫斯特峰辉煌壮观，其末端一直延伸至深海；曾经被认为是神圣之物的海角，守望着西方；当一缕红光初次穿透暴风雨时，神圣的海岬应然让人不由得产生一种敬畏之感。这些就是希腊人民永远深爱的山峦、海湾和蓝色的海洋，永远在影响着其国民的民族思想。斯诺登山就是你们心目中的帕纳萨斯，可是缪斯女神们又在哪里呢？那神圣海角就是你们的爱吉那岛，但密涅瓦神庙又在哪里呢？

　　我能为你们读一下克里斯汀·密涅瓦截至 1848 年在我们的帕纳萨斯阴影下所取得的成就吗？以下是有关威尔士学校的一份小报告，摘自由国家教育委员会公开发表的《威尔士人报告》的第 261 页。这是一所位于拥有 5000 人口的小镇旁边的学校：

　　"然后，我在一个学生较多的班级里进行了调查。其中三个女孩反复宣称她们从来没有听说过基督，还有两个从来没有听说过上帝。三分之一的学生认为'基督尚在人间'（他们可能会有更糟糕的想法）；另外有三个人对耶稣钉十字架的受难记一无所知。七分之四的学生不知道十二个月的缩写，也不知道一年中有多少天。他们除了'2＋2'或'3＋3'之外，没有任何运算知识的概念，他们的头脑简直就是一片空白。"

　　哦，英格兰的女士们！从威尔士的公主到最普通的你，难道你们不认为你们的孩子可以被带到他们真正感到快乐的地方吗？现在这些孩子就像一群没有牧羊人看领的羊一样四处闲逛。难道你们不认为你们的女儿们完全可以接受训练去相信自己美丽的真谛吗？为她们创造的教室和游乐场曾是那些令人愉快的地方，现在则完全不同。除非你们能够用那甜蜜的圣水给她们洗礼，而这圣水是那位伟大的立法者从你们当地土地上的岩石中打出来的，这圣水是那样的纯洁无瑕，连异教徒都顶礼膜拜，而你们所膜拜的只是被污染的圣水。

第三，到目前为止，我们谈论了女性的天性、女性的教育、女性的家庭角色，以及王后般的权力。现在我们来看最后一个，也是最为广泛的问题——对于这个国家而言，她那王后般的职责究竟是什么？

一般来说，我们都认为男性的职责是大众的，而女性的职责是私人的，即"男主外，女主内"，但是实际并不完全是这样。相对自己的家庭而言，男性要承担个人的职责或义务；而对于自己的国家而言，男性要承担的则是公众的职责或义务，承担的是另一半职责的延伸。所以，相对她自己的家庭而言，女性有个人的职责或义务，也要承担公众的职责和义务，也是另一半职责的延伸。

现在，男性对自己的家庭所起的职责，正如前文所述，就是为了保证家庭的稳定发展，防御外界的干扰；女性的职责是要确保家庭的井井有条、舒适浪漫。

扩展一下这两个职责。作为英联邦国家的一员，男性的职责是协助维护国家的稳定、进步和国防工作；作为英联邦国家的一员，女性的职责是协助维护国家的良好秩序、创造舒适的环境和建设美丽的国家。

当家庭有需要时，男性会站在自家门口，忠诚地守卫家园，免受外来的侮辱和破坏；当国家有需要时，他会离开自己的家园，奔赴国家的前线，保卫国家的大门，免受外来者的入侵，完成他更多的光荣而神圣的职责。

女性则待在她的家里，维持家庭秩序，抚慰心灵的创伤，营造温馨的环境；她也可以走出家门，只是那里的秩序维持起来更加艰难，那里的创伤抚慰起来更加迫切，那里的美丽有爱的环境更加稀少，维护起来更加困难。

在人们的心中始终有一种本能，那就是要履行所有真正的职责或义务——一种你不能压抑熄灭的本能，如果你阻止它实现自己真正的目标，它就会被扭曲和腐化。例如追求爱情的强烈本能，这是一种正确的自律观，如果得到正确的规范和引导，它将带给你一生所有的圣洁和尊严；如果被误导，它将破坏你一生的幸福，因此二者"必须"选一，非此即彼。同样，在人的心中有一种无法扑灭的本能，那就是对权力的热爱，如果正确地指引，它会维护着所有的法律和生命的尊严；如果误导失控，它会破坏这一切，难以恢复。

这种本能深深根植于男性的内心深处，也深深根植于女性的内心深处。那是一种什么力量呢？破坏的力量吗？是像狮子般四肢发达的力量？还是巨龙般怒吼的力量？都不是。那是种治愈的力量，救赎的力量，引导的力量，守卫的力量；权杖和盾牌的力量，用皇权之手在触摸中治愈的力量——能降伏恶魔、解放囚禁的力量。要建立在正义之石上和仅凭怜悯屈尊的王位，难道你不会觊觎这样的权力，追求这样的王位，还要继续充当家庭主妇，而不愿当女王吗？

在英国，女性们曾在某一时期习惯于普遍使用一个只有贵族才享有的头衔，这已经是离现在很久远的一段时间了。那时，她们坚持享有在名字后加上"夫人"① 这一头衔，与"骑士"这一头衔相对应。

我不会为此责怪她们，因为这只是她们在这一问题上的狭隘动机。如果她们声称，这不仅是头衔，而且是职务和责任的象征，我还是愿意称呼她们为"夫人"的。"夫人"的意思是"养家糊口的人"，而"骑士"的意思是"法律的捍卫者"，这两个头衔既不是在家里维护家庭和睦的法律，也不是只给家庭成员享用维持生计的口粮，而是为维护大众利益、约束大众行为的法律，以及惠及广大民众的精神食粮。对于一位骑士来说，只有他真正成为正义的维护者时，他才能配得上"骑士"头衔这一称谓。而对一位夫人而言，只有她在真正帮助了穷人之后，才能得到这一称谓。

这是一种仁慈和合法的统治，这种统治力量伟大而庄严。这种伟大与庄严不在于多少人继承其衣钵，而在于有多少人受到它的影响。这种力量为人知晓是因为其受尊敬和推崇的程度。无论王朝建立在什么地方，其王者首先要履行职责和义务。接下来才是野心和与它的利益相关联的仁慈和善良。你们幻想成为贵妇人，可以拥有众多仆人呼来唤去，那就去成为贵妇人吧。但你不能太高贵，你不能拥有太多仆人。你要履行好养活和服务好自己仆人的职责，而不是只把他们当作奴隶只为你一人效命。对于那些听从你的人，你要尽力去安抚他们，而不是去欺压他们。

这一家庭领域的统治方法，同样适用于王后的统治领域中。如

---

① 我希望会制定出一套准确地用于册封骑士的社会评价体系，可以考虑将某些社会等级的英国青年纳入其中并作为一种制度延续下来，这样一来，男孩和女孩就可以在达到某个年龄段时，会自动拥有真正属于自己的"骑士"或"夫人"头衔；但是要取得这些头衔，必须经过某种关于人品或成就上的双重考验和测试，这样才会让人心服口服。在一个热爱荣誉的国家里，有这样的高贵体系的机构是完全有可能的。

果你也承担和履行最高的责任或义务，你也会深受人民的爱戴和尊敬。雷克斯与雷吉娜——国王与王后——是"权利的实践者"。他们与夫人和骑士的不同之处在于，他们的权力凌驾于人的思想和肉体之上——他们不仅要满足人民的衣食等最基本需求，还要满足人民的精神需求，教育和引导他们。无论有意还是无意，你一定要做到在人民心中享有崇高的地位。戴上王后的花冠可不是很简单的事情：你必须头戴王冠和手拿权杖，永远保持王后的风范；对你的爱人、你的丈夫和孩子，还有那些遥远国度的联邦国家的人民展示出王后应有的风范；还要永远表现出近乎完美的女性魅力。啊！你要注意！你可能会变成懒散而又粗心的王后，在最无关紧要的事情上贪婪地攫取权力，却对关乎国家命运的大事置之不理；在男人们中播下暴政和暴力的思想，以下犯上，挑战权威。你身边的人渐渐背叛你，你的德行慢慢被人忘记。

男人天性好战，他们将为任何原因而战，或不为任何理由而战。现在就需要你们为他们选择作战的理由，在没有任何理由的时候阻止他们作战。世界上本没有痛苦，没有不公，没有苦难。男人们可以对发生的一切无动于衷，你们却表现得无法容忍。如果你们不去努力实现这些事情，只是逃避，把自己封闭在花园围墙里，你也要知道，围墙之外是一个荒野的世界，一个你不敢穿越探求的秘密世界，里面还有你不敢想象的苦难。

我要告诉你们，这对我来说是人类最令人惊奇的现象。我感到惊讶的是，在没有深度探究的情况下，一旦它的荣誉被扭曲，人性就会堕落。我并不奇怪于守财奴的死，他的手里攥满金子，当他放手时，金子掉落；我并不奇怪于好色之徒的生活，他将自己从头至脚裹着裹布，不露一丝破绽；我并不奇怪于在铁路沿线的黑暗处，或者是沼泽地的阴影里，一名凶手谋杀一名受害者；我甚至都不奇怪于一帮凶手在光天化日之下，对一群人进行谋杀。因为整个国家处在狂热中，混乱不堪，那些不可估量的、不可想象的罪恶，只有他们的国王和牧师们才可以将他们从地狱拯救到天堂。对我来说，这真是太了不起了！看到在你中间有很多温柔高雅的女性怀里抱着孩子，拥有一种比天堂的空气更纯洁、比地球上的海洋更强大的力量，她脸上那种纯真无邪、清新脱俗的感觉，眉宇间没有一丝愁云，这是因为这里是一个与世隔绝的她自己的和平之地。然而，她心里明白，只要她愿意去寻找就会发现，在那小小的玫瑰覆盖的墙壁外面，在地平线上可见的一片荒芜的世界，那里满目疮痍。

你有没有想过，如果按照我们的习俗，给我们认为最幸福的人撒鲜花，会有什么深刻的意义？或者至少能从中了解些什么？你认为这仅仅是为了欺骗她们，让她们希望幸福总会降临到自己的头上吗？一个好女人的人生道路上确实撒满了鲜花，这些鲜花没有阻挡她前行，而是随着她前行的脚步生长起来，"脚步所到之处，花香四溢，芳草萋萋"。

你们可能认为只有恋爱中的人才有幻想，如果这些幻想变成现实会怎么样呢？你有可能认为这也只是一个诗人的幻想——

"就连那轻盈的风信子，
也从她那轻快的脚步中昂起头颅。"

对于一个女人来说，爱幻想并不是什么大问题，当她走路的时候，她的风信子应该是盛开的，而不是弯腰的。你们是不是觉得我说得太夸张了？可我一点儿也没有夸张，我只是用平静的语调、用坚定的真理说出自己的感想罢了。你们应该听说过这样的说法（我相信，即使在那个说法中也有比想象更奇特的因素，权当它是一个幻想吧，不用去考虑）——鲜花只为那些爱花之人盛开。我知道你们都愿意承认这是真的。如果你们能亲切地在一旁看看这些鲜花，它们就会绽放得更加绚烂多姿，鲜亮无比，那么你就会认为这是一种令人愉快的魔力。如果你们的眼神真有这样的魔力的话，不仅是要为魔力欢呼，还要提高警惕保护它——如果你能让黑枯萎病消失，毛毛虫爬走；如果你能在干旱的时候降下甘露，在霜冻的时候对南风耳语："南风啊，请用力地吹吧，让满园花香随你四溢。"难道你不认为这是一件好事吗？你所做的这一切（以及比这更多的事情），花仙子们可以比你做得更多——它们可以像你们保佑它们那样来祝福你们，可以像你们爱它们那样来爱你们——这些花朵像你一样有思想，和你一样有生命；一旦获得拯救，就意味着永远的救赎，难道这不是一件了不起的事情吗？难道这只是一股很小的力量吗？在岩石丛生的遥远荒野里，在城市可怕的黑暗街道上，这些脆弱的花朵躺在那里，所有新鲜的树叶都被撕裂，根茎都被折断——此时此刻，难道你不走到它们身边，把它们一一扶起，有顺序地把它们摆放在小香床里，把它们围捆起来，以免它们在刺骨的寒风中战战兢兢？难道清晨的美好时光只属于你们，而不属于它们吗？难道黎明的到来只是让人们远远地看那疯狂的死亡之舞，而不能呼吸到那些野紫罗兰、五叶地锦、玫瑰花香的黎明气息，也不能将自己从睡梦中唤醒吗？但丁的妻子名叫马蒂尔达，她站在快乐的遗忘河畔，用鲜花编织着花环：

> "快到花园来，茂德，
>
> 黑蝙蝠会在夜晚，四处飞舞，
>
> 五叶地锦的香气弥漫着大地，
>
> 玫瑰花面具也会随风而逝。"

难道你不想和它们亲近吗？亲近那些甜美的生灵，大地赋予了这些生灵新的勇气，天堂给它们涂抹上浓重的色彩，同它们一起去开掘金字塔尖里蕴藏的神秘力量。它们的纯洁洗净身上的尘埃，花蕾绽放，结出许多承诺之花。它们都转向了你们这边，仍然期待着你们的到来，"云雀们侧耳倾听——我们听见了！而百合们喃喃低语——我们等待着"。

不知道你们注意到没有，刚才我给你们读那首诗的第一段时少了两行。你们不会认为是我故意将它遗漏的吧？现在请大家接着听我朗读：

> "快到花园来，茂德，
>
> 黑蝙蝠会在夜晚，四处飞舞，
>
> 快到花园来，茂德，
>
> 只有我一个人，守在入口处。

想想，你认为这个人会是谁，孤独地站在这个美丽花园的入口处，等待着你们的到来？除了茂德，你听说过玛德琳吗？她在黎明时分来到她自己的花园，在门口处发现了"一个人"正在等候，她本以为那个人是园丁。你整夜寻找"他"，却徒劳无功；而就在"这个"花园的入口处，"他"却一直在等待着拉着你的手，准备和你一起去看看那果实累累的山谷，看看葡萄树是否已经缀满葡萄，看看石榴树是否已经发芽、绽出蓓蕾。在那里，你可以看到葡萄藤上的那些小卷须随风飞舞；在那里，你还会看到石榴苗破土而出。此外，你还可以看到更多。你会看到一队天使守护者，他们挥动着翅膀，将那些饥饿的鸟从田野里赶跑，并在一排排葡萄藤间相互招呼着："带我们去捉那些狐狸，别放走它们，看它们把这葡萄园破坏得乱七八糟的，葡萄园里已经结满了葡萄啊。"哦，你们这些女王啊！在你们的土地上是否群山环绕、绿树成荫呢？狐狸们会在这里打洞吗？飞鸟会在这里筑巢吗？在你们居住的城邑中，有人会反对你们的统治吗？